きみがほしい、きみがほしい

市村奈央

幻冬舎ルチル文庫

CONTENTS ✦目次✦

きみがほしい、きみがほしい

✦カバーデザイン＝久保宏夏（omochi design）
✦ブックデザイン＝まるか工房

イラスト・三池ろむこ ✦

きみがほしい、きみがほしい

1　二〇一四　春　秋緒

七時ちょうどに鳴った目覚まし時計を止めて、平坂秋緒《ひらさかあきお》は眠い目を擦《こす》った。

そっと布団《ふとん》から起き出して立ち上がる。裸足《はだし》の足に、焼けて色あせた畳の目がひんやりと冷たい。南向きの窓のカーテンを開けると、空は気持ちよく晴れていた。

この部屋は古い一軒家の二階だが、周りには建物が少なく、とくにこの南に向いた窓の外は、遮るものがなにもない。庭と、一応舗装はされているが車通りはほとんどない裏道、広々と続くレタスの畑。視界の行き止まりは、なだらかな稜線を描く緑の山だ。自然の色が目に鮮やかで、毎朝見ている景色なのに飽きずに感動する。

遠くの山のつやつやとした緑を堪能して、ンー、と秋緒は身体《からだ》を大きく伸ばした。筋肉がつきづらく、薄っぺらいばかりの背中が、ぺきぺきとかぼそく鳴った。するとうしろで、もぞりと布団の山が動く。

「ヒロ、おはよ？」

振り返ると、二組ぴたりと添わせて敷いた布団から、のそりと恋人が起き上がった。

栗色のふわふわとした癖っ毛が、今朝も盛大にあちこちに跳ねている。秋緒は苦笑して、布団の横に膝《ひざ》をつき、てのひらで彼の髪を撫《な》でつけた。恋人は、気持ちよさそうに目を閉じて、ふわあと欠伸《あくび》をする。

「おはよう、アキさん」

瀬名広嗣《せなひろつぐ》。それが恋人の名前だ。秋緒よりひとつ年下の二十五歳。百八十センチの長身で、均整の取れたバランスのいい身体をしている。色素の薄い癖っ毛と、やや下がり気味の眉《まゆ》と目尻《めじり》。やさしい性格そのままの、やわらかく整ったチャーミングな顔立ちは、秋緒にいつも甘い焼き菓子を思い出させた。

「アキさんも寝癖」

広嗣が大きな手を伸ばして、秋緒の黒髪に触れた。するするとした感触を指で楽しむように頭の丸みを撫でられ、サイドの髪を耳にそっとかけられる。くすぐったくて秋緒が肩を竦《すく》めて笑うと、広嗣はしあわせそうにはにかんだ。

おはようのキスをして、順番に洗面所を使う。顔を洗って歯を磨いて、洗濯機を回し、服を着替えた。二階の玄関から外へ出る。外階段を使って地上におりて、まず秋緒がするのは庭の手入れだった。広嗣は、表に回って店の鍵を開ける。

ふたりが暮らすこの一軒家は、二階が住居で、一階はカフェを営業しているのだ。

元は秋緒の叔父《おじ》が経営するバーだったが、事情があって、五年前に譲り受けた。秋緒は二十一、広嗣はちょうど二十歳《はたち》で、店の経営のことなんてひとつもわからない子供だった。なにが正解なのかわからなくて、当時は本当に大変だったけれど、ふたりの努力はそれなりに実を結び、いまではちゃんと利益を出せる店になっている。たまに予想外のことも起こるけれど、毎日が平凡で、穏やかで、しあわせだ。

秋緒は庭の蛇口にホースを繋《つな》いで、散水をはじめる。ゴールデンウィーク最中の五月の日差しはほんのりとあたたかいが、水を撒《ま》くと少し肌寒《はだざむ》い。くしゃん、とくしゃみをした秋緒の手元で、小さな虹が揺れた。

小さな家くらいなら建てられそうに広い庭では、店で使うハーブや野菜を育てている。計画してはじめたことではなくて、気まぐれに、あれも作れるだろうかこれも育つだろうかと種を蒔《ま》いたので、どこになにが植えてあるのかは秋緒にしかわからない。他人の目には、ただただ無尽蔵に草が生えているようにしか見えないだろう。

無秩序で、だけど自然の鷹揚《おうよう》な力強さが感じられるから、秋緒はこの庭に満足していた。ミント、バジル、ローズマリー、トマト、茄子《なす》、きゅうり。鮮やかな自然の色に目を細める。

キッチンの窓が開いて、ひょいと広嗣が顔を出した。

「アキさん、ミニタマネギとルッコラほしい」

「うん、わかった」

水を止めて、今度は手に鋏《はさみ》と笊《ざる》を持つ。広嗣ご要望のミニタマネギを掘り起こし、ルッコラ、それから店に飾るカモミールの花とドリンクに使うミントを切って、キッチンに繋がっている裏口から店に入った。

広嗣は、キッチンの中央に置いたステンレスの調理台の上で、昨日のうちに仕込んだパン生地を等分して成形していた。秋緒は広嗣の正面の位置に背のない小さな丸椅子《まるいす》を持ってきて、そのようすを眺める。これも秋緒の日課のひとつだ。

いちじくと胡桃《くるみ》がたっぷり混ぜ込まれた全粒粉の生地と、なにも入っていないシンプルな生地が、たまごくらいの大きさに丸められ、手際よく並べられていく。広嗣の大きな手の中で、もっちりとした生地があやされるように丸くなっていくさまは、やさしげで、なのにどこか官能的だ。

カフェで出す料理はほぼすべて、広嗣が作っている。もともと手先が器用でなにに対しても勘がいい。そのうえどうやら料理は性《しょう》に合っているようだ。楽しいことには熱中して凝《こ》るタイプなので、この五年でめきめきと腕を上げてレパートリーを増やしていった。ふたりのカフェが毎日途切れず客を集められているのは、ひとえに広嗣の料理の腕のおかげだ。

パンの二次発酵のあいだに、広嗣は買い物に出かける。小さな店なので、食材のほとんどは近くの商店街でまかなっていた。

「アキさんは、なにか必要なものある?」

「うーん、あ、生姜《しょうが》買ってきてくれる? ジンジャーシロップがそろそろ終わっちゃうから」

はい、と広嗣は頷《うなず》いて、黒いロングのギャルソンエプロンを外し裏口から出て行った。財布を取りに一度家に戻る広嗣の、外階段を上がっていくかんかんという足音を聞きながら、秋緒はのんびりと立ち上がる。

小さなキッチンを出ると、これも小さな店舗部分だ。カウンターが四席、二人用のテーブルがふたつと、四人用のテーブル席がひとつの、全十二席。天井が高く、白い壁には窓が多いから自然光がたっぷりと入る。ひとつひとつの席をゆったりとっているので、窮屈さは感じない。叔父のバーだった頃は、華奢《きゃしゃ》なテーブルとスツールで二十くらいの席があったが、広嗣とふたりで少しずつ改装をしていくうちに、いまの席数に落ち着いた。

店のドアを開け放ち、玄関先を箒《ほうき》で掃く。それから店の看板を雑巾で拭《ふ》き、ドアと窓のガラスを丁寧に磨いた。ドアの並びとさらに一方の壁に、縦に長い長方形の窓が等間隔に並んでいるので、この作業は意外と骨が折れる。それでも、ガラス磨きは晴れた日にはかならずするようにしていた。

店の床は前日の閉店後に掃くので、朝は濡《ぬ》れたモップをすみずみまで。裏口のドアが開いて「ただいま」と広嗣の声がするので「おかえり」と答えた。

キッチンから聞こえはじめた包丁や水の音、火を使う音を聞きながら、秋緒は掃除を続けた。テーブルとカウンターを水拭きして、観葉植物に水をやる。

サンセベリアとシルクジャスミン、ベンジャミン、テーブルの上の小さなパキラとガジュマル、窓辺に吊《つ》るしたポトス、アイビー。今朝摘《つ》んだカモミールの花は、グラスに挿してレジカウンターに置いた。

金庫から現金を出してレジスターに入れて、秋緒は一度裏口から家へ戻る。土いじりや掃除をして汚れた身体にざっとシャワーを浴びて、すっきりと細い黒のパンツと白いシャツに着替えた。家の時計は十時四十五分を指している。エプロンを手にして外階段を下りると、気のはやい客の姿が店の玄関前に見えた。

「おはようございます」

「ああ、おはよう、アキちゃん」

カフェの常連である斉藤正道《さいとうまさみち》さんだ。ちょっとたぬきに似た穏やかな丸顔で、健康的にこっこりと笑う。正道さんは御年《おんとし》六十八歳の歯科医師で、自宅の歯科医院が息子《むすこ》に代がわりをしてからは、週に二日患者を診る以外はのんびりと好きなことをして過ごしているという。

「どうぞ。いいお天気ですね」

店の玄関を開けて、正道さんを招き入れる。開店は十一時だけれど、最近はこうして、少しはやくに店を開けることも少なくない。

「せっかちですまんね、ありがとう」

正道さんは、眼鏡《めがね》の奥の目をやさしく細めて秋緒の肩をねぎらうようにぽんぽんと叩《たた》き、一番奥のソファ席に腰《こし》をおろした。店にひとつだけの肘掛《ひじか》けのソファが、正道さんのお気に入りなのだ。

ミントの葉を一枚浮かべたお冷《ひや》とおしぼりを出すと、正道さんは「今日はお茶にしようかな」と言った。秋緒は「はい」と頷いて、カウンターに入る。電熱器で湯を沸かしていると、キッチンから広嗣が顔を出した。

「おはようございます、正道おじいちゃん」

広嗣がにこにこと人好きのする笑顔を浮かべる。正道さんはひょいと手を上げて、「おはようヒロくん。今日も男前だな」と笑った。

「アキさん、ランチの黒板書いて」

広嗣に促され、秋緒はカウンターの壁に引っかけてある木枠の黒板をおろす。白いチョークを手にすると、広嗣が「ええとね」と指を折りながら今日のメニューを告げた。

「パンはいちじくと胡桃、もうひとつはプレーン。スープはベーコンとキャベツのカレースープ。デリは、ミックスビーンズとツナのサラダ、生ハムとルッコラのサラダ、かぼちゃのコロッケ、ラタトゥイユ」

ランチプレートは、パンをふたつとスープが共通で、デリは日替わりの四種類からふたつを選んでもらうようになっている。

「で、今日のカレーはビーフストロガノフ」

食事のメニューは、ランチプレートと日替わりカレーの二種類のみだ。カレーと言いながらビーフストロガノフなのは、ランチのスープがカレー味だからだろう。

「うん、おいしそう」

書き上げた黒板を、腕を伸ばし遠ざけて眺め、秋緒は微笑《ほほえ》みながら頷いた。広嗣は呆《あき》れたように苦笑して「だったらアキさんも、あとでたくさん食べてね」と言った。食が細い秋緒が、忙しく立ち働いているとつい食事を忘れてしまうことを、一番よく知っているのは広嗣だ。

電熱器にかけたケトルが、しゅんしゅんと湯気を立てはじめたので、スイッチを切った。秋緒がお茶の支度《したく》をするのを見て、広嗣もキッチンへ戻っていく。

耐熱ガラスのポットに焙《ほう》じ茶の葉を入れ、熱湯を注いで蓋《ふた》をする。美濃《みの》焼《や》きの大ぶりな湯《ゆ》呑《の》みは、正道さんが持ち込んだマイカップだ。秋緒は背後の飾り棚から、クッキーの入ったガラスの瓶をふたつ選んで取った。広嗣お手製の、親指と人さし指で丸を作ったくらいの小さなクッキーは、ドリンクの注文にかならず添えている。きなこのクッキーとしょうがのクッキーを一枚ずつ、トングで取り出して水玉模様の豆皿に乗せた。

それらを乗せた小さな白木のトレーごと、正道さんの前にすっと置く。「ごゆっくり」と声をかけたところで、ドアベルがリンと音を立てた。

「――おまえはまた開店前から来てるのか。図々《ずうずう》しい」

ちょうど、壁の鳩時計《はとどけい》がのん気な音で開店の十一時を教えた。今日二番目に訪れたのは、正道さんの幼馴染《おさななじ》みの宮田耕太郎《みやたこうたろう》さんだ。正道さんと同い年の六十八歳。教師を経て、小学校の校長を長く務めて六十五歳で定年退職したそうだ。いまは自宅の近くに農地を買って、趣味で畑を作っている。秋緒の緑の師匠だ。

耕太郎さんは、店の観葉植物を、出席した生徒の健康に目を配る教師のようにひとつずつ厳しく眺めてから、正道さんの向かいのソファに腰をおろす。

「おはようございます。耕太郎さん、いただいたワイルドストロベリー、すごく調子いいです。たくさん実がなって、広嗣が子供みたいに収穫してました。ありがとうございます」

庭は秋緒の領分で、広嗣は滅多に手も口も出さない。けれど少し前に耕太郎さんに株分けしてもらったワイルドストロベリーが実をつけ出すと、珍しく「俺もやりたい」と秋緒の隣にしゃがんで熱心に収穫をした。

「子供は果物を採るのが好きだよねえ。うちの孫も、耕ちゃんのところでいちご狩りをさせてもらうとすごく喜ぶよ」

正道さんが納得したように頷く。

「それで広嗣が西瓜《すいか》を食べたいって言い出したんですけど、作るのは難しいですか？」

「西瓜か。初心者には勧めないが、秋緒くんなら大丈夫だろう。ちょうどいまくらいの時期から苗が出はじめるから、秋緒くんの次の休みにでもホームセンターに見に行こう」

「本当ですか、ありがとうございます。苗はやっぱり耕太郎さんに選んでいただくのが一番安心ですね。自分だと迷うばかりで」

耕太郎さんからコーヒーの注文を受けて、秋緒はカウンターへ戻った。

コーヒー豆を冷蔵庫から出して、ふたたび湯を沸かす。基本的に、ドリンク類のオーダーは秋緒が接客をしながらカウンターでさばく。フードを担当する広嗣は、接客にも出てくるが、キッチンにいる時間のほうが長かった。

カウンターの中で秋緒が手廻し式ミルを使ってがりがりと豆を挽《ひ》いていると、耕太郎さんが「今日は客足は鈍るかもしれないな」と窓の外に目を向けた。耕太郎さんは、教員免許の他に気象予報士の資格も持っている。テレビの天気予報より耕太郎さんの予測のほうが、いつもずっと確実だ。

けれど、秋緒が「雨が降りますか?」と訊《たず》ねると、耕太郎さんは、クイズの答えを間違えた子供を見るような目で「そうじゃない」と言う。

「ゴールデンウィークの中日だろう。休みの人も多い」

ああそうかと思う。客足に関係あることだから、なるべくカレンダーは頭に入れておこうと思うのに、いつも忘れてしまう。よく人から『浮世離れしている』と言われてしまうのはこういうところが原因なんだろうと、秋緒は何度目かわからない反省をした。

「ねえヒロ?　連休の中日だって」

仕入れに行った広嗣はちゃんと把握していただろうかと、キッチンへ声をかける。キッチンからは「知ってるよ?」と返事がきた。

「アキさんはどうせ忘れてるだろうなと思ってた」

仕込みはあらかた終わったのか、広嗣がキッチンから出てきて耕太郎さんにも挨拶をする。

「アキちゃんはなんというか、お姫さま育ちだなあ」

正道さんの言葉に、広嗣が笑う。

「……そこは否定してくれるところじゃないの？」

「なんで？　アキさんはお姫さまみたいだって俺も思うよ」

甘い笑顔でそんなことを言うのだから呆れる。秋緒は肩を竦めて、ドリップポットの細い注ぎ口を、ネルフィルターへ傾けた。

湯を注ぐと、コーヒーの粉がむくむくとふくらむ。泡が落ち着くのを待ってから、ゆっくりゆっくりと抽出した。

コーヒーを淹《い》れるのは、のんびり屋の自分に合った仕事だと思う。コーヒーの香りが店にゆったり漂うと、時間の流れかたまで変わる気がした。

「アキちゃんたちは、長いお休みはしないのかい？」

正道さんに訊ねられ、秋緒はちょっと手を止める。

「お正月もお店開けてたよねえ？　夏休みもしたことないんじゃないの？」

たしかにもうずいぶんと、連続して休むことはしていなかった。店自体は月曜を定休日にしているが、それ以外はずっと開けている。年末年始も、休みにしようかなんて話をしつつ結局手持ち無沙汰《ぶさた》で、大晦日《おおみそか》だけ休んで元日から営業していたのだった。

「今年の夏は、少しくらいお休みしたらどうだい。人間、休息も必要だよ」

そうですね、とおっとり言った声が、広嗣と完全に重なる。びっくりして顔を見合わせると、正道さんが「仲良しだねえ」と笑った。

「そういえば、ふたりは出身はどこなのかな？　この近くの生まれじゃなかったよね。あんまり帰らないと実家のご家族も心配するんじゃないの？」

ぎくりとして手元がかすかに揺れる。隣の広嗣も、わずかに身体を強張らせた。

「俺は、家族は叔父だけなので」

秋緒が小さく微笑むと、正道さんは「ああ」と思い出したように頷いた。

正道さんは、ここが叔父のバーだった頃を知っている。叔父は気まぐれで、バーは営業時間も営業日も不定期だった。昼から開けている日があるかと思えば、夜の八時ごろにようやく店に明かりがつくこともあるような、道楽というにも失礼なくらいの店で、見かねて手伝うようになったのが、秋緒たちがここに留《とど》まるようになったきっかけだ。

そんな叔父も五年前に突然、コーヒー豆を極めたいなどと言って南米へ旅立ってしまった。もともと、ひとところに留まれないタイプの人物なのだ。彼方《かなた》、という名前が、叔父の性質をよくあらわしていると思う。

「彼方くんは元気なのかねえ」

「たぶん元気にしていると思います。コーヒー豆も届きますし」

店のコーヒーは、叔父の彼方が頻繁に送ってくれているものだ。素っ気ない包みの表面にはいつも、このカフェの住所と、秋緒と広嗣の名前、それから「元気か？　元気だ」という言葉が変わらず綴《つづ》られている。

「ヒロくんは？」

水を向けられた広嗣がはっと息を止める。鼻筋の通った横顔に、頬《ほお》の緊張がよく見えた。黒目がちの瞳がかすかに潤んで、生真面目《きまじめ》な視線がカウンターに落ちる。

「……俺も、帰れないです」

広嗣の答えに、秋緒は黙って目を伏せた。ごまかす言葉はいくらでもあるのに、広嗣は可哀相《かわいそう》なくらいいつも正直だ。

「帰らない」のではなく「帰れない」。それが広嗣の本音なのだと思うとかなしかった。

黙っていた耕太郎さんが、広嗣の表情を訝《いぶか》しがるようにじっと見つめる。

「でも、じゃあ今年は少しお休みもらって、どこかでゆっくりしようか」

秋緒が見上げて微笑むと、広嗣はほっとしたように肩の力を抜いて、「うん」と頷いた。

「たまにはいいかもしれないね」

提案した自分もそうだけれど、答える広嗣の声も、どこから上《うわ》っ面《つら》の響きだった。秋緒と広嗣にとって、荷物を抱えてふたりで旅に出るというのは決して明るいイメージを持たない。むしろ自分たちはまだ旅の途中なのかもしれないからだ。

「どこか、近くにいいところご存知ですか？」

秋緒が訊ねると、正道さんは「温泉は好きかい？」とにこにこする。

「三駅先に、小さいけれどいい温泉があるよ。そこの旅館もなかなか趣があるんだ。美肌の湯だから、アキちゃんはますますキレイになってしまうな」

笑い合ったところで、ドアのベルがリンと鳴る。郵便局の制服を着て財布だけを手にした若い女性二人組も、週に一度のペースで来店する常連だった。「こんにちは」と秋緒と広嗣が揃《そろ》って微笑むと、彼女たちはほうっと息をゆるませて「こんにちは」と答える。

その日のランチタイムは、耕太郎さんの予想通り、いつもより穏やかな客入りだった。ひっきりなしに客が入れ替わるということはなく、一組ずつがいつもより長い時間を店で過ごしてくれて、全体の空気がのんびりとやわらかい。「アキちゃん」と正道さんに呼ばれ、秋緒は食器洗いの手を止めカウンターを出た。

「ぼくたちもランチをもらっていいかい？」

「もちろん」

「アキちゃんのおにぎりで」

「かしこまりました」

秋緒は笑って、キッチンを広嗣と交代する。肘まで丁寧に石鹼《せっけん》で洗って、炊飯器からガラスのボウルへ白米を移した。

カフェの一番人気は、広嗣が酵母を起こすところからこだわっている自家製パンだけれど、ご老人たちはどうしても、パンより白米のほうが好きらしい。そう言われたときに思いついて白米を握って出して以来、ふたりはすっかり秋緒のおにぎりのファンになったそうで、秋緒の手が空いているときを見計らって注文をするようになった。一度広嗣が作ったこともあるが、「ヒロくんのおにぎりはかたくて食べでがありすぎる」とのことだ。

手水をつけ、てのひらに塩をなじませ、少し冷ました白米を手に取る。「おにぎりを握るときには、背筋をピンと伸ばすのよ」と教えてくれたのは亡くなった母だ。背中を伸ばしてふんわりと五回手の中で転がし、手早く海苔《のり》を巻く。デリおかずがあるので具は入れない。シンプルな塩にぎりを五つ作って、あとを広嗣に託した。ひとりふたつ、他の四つより大きい五つめは広嗣用だ。

十四時近くになると、ランチの客はほとんど引ける。そのあとにぽつぽつとやってくるのは、近くの商店街で同じように飲食店をしていて、遅めの休憩を取る店主やスタッフがほとんどだ。ここは駅前の雨降《あめふ》り町《ちょう》商店街からは少し外れたさびしい場所だが、仕入れでふたりがよく商店街を利用するので、商店街の人たちもよくおとずれてくれる。その口コミで客足が伸びているのもありがたかった。

日が傾きはじめた頃に、広嗣がキッチンを出てくる。交代で少し休憩を取るのがだいたいこの時間だ。食事をしたり、足りなくなったものの買い出しに行ったりで、三十分ほどを過ごす。いつからかどちらも、なるべく店から出るようになった。秋緒は大抵、庭で過ごすか散歩に出る。

その日は自宅のベランダに干した洗濯物をしまいに行って、部屋に掃除機をかけた。二階の自宅は、八帖の和室と十帖のリビングダイニング、キッチン、ベランダ、バス、トイレの構造だ。和室は寝室にしていて、十帖にはダイニングテーブルと椅子が二脚、テレビやパソコンなどは持っていなくて、壁際の飾り棚にぽつんと非常用の手巻きラジオが置いてある。

椅子に腰かけて、ベランダの外をぼんやりと眺める。

青と赤と橙《だいだい》が混じり合った空に、山の稜線がにじんできれいだ。自分がこの景色に慣れることがないのは、五年も暮らしたいまも、心のどこかでここを旅先の宿泊施設のように感じているせいだと思う。きれいだなあと思うのは、自分のものではないからだ。

ふう、と息をついて立ち上がる。

店に戻ると、カウンター席に、見慣れたライトブラウンの長い巻き髪が見えた。この時間の常連である鳥谷《とりたに》知里《ちさと》だ。彼女は雨降り町の二駅隣で派遣社員として働いていて、週に三日はこの近くのスナックでアルバイトをしている。年は三十を少し過ぎたくらいだろう。パワフルではっきりとした意思を持っている女性、というのが秋緒の持つ彼女の印象だ。

「こんにちは、知里さん」

「あ、おはようアキちゃん。今日もきれいね」

「知里さんも」

知里はいつも、会社帰りにここで軽く食事をしてからスナックへ出勤する。ランチは終わってしまっているので結果いつも本日のカレーになってしまうが、広嗣はいつも知里には、カレーを少なめにしてサラダの量を増やして出していた。

酒類は一切扱わないし、ディナーのメニューもないので、夕方から夜にかけてが一番静かになる時間帯だ。七時少し前に知里が出て行くと、あとはぽつんぽつんとしか客はおとずれない。広嗣はそのあいだに、翌日の仕込みをはじめるのが常だ。

「アキさん」

カウンターでグラスを磨いているところへ声をかけられて、秋緒はキッチンへ顔を出す。

「くち開けて」

促されて口を開ける。ぽん、と放り込まれたものをゆっくりと咀嚼《そしゃく》した。噛《か》みしめると胡麻《ごま》の香りが口いっぱいに広がる。広嗣の得意なクッキーだった。

「冷めたら瓶にしまってね」

もぐもぐと口を動かしながら秋緒が頷くと、広嗣はクッキーをもう一枚秋緒の口の前に差し向けた。餌《えさ》を与えられる雛鳥《ひなどり》の気分で、ふたたび口を開ける。

閉店は二十一時。広嗣がキッチンを片付け、秋緒はレジの精算をして店の床を箒で掃く。戸締りをして、揃って裏口から外に出た。

ぬっと黒い影になった山に、小さな三日月《みかづき》が引っかかっていて、満天の星がきらめいていた。見上げていると夜空に吸い込まれそうでくらりとする。「アキさん」と広嗣が秋緒の肩を抱きとめる。

「大丈夫？」

「平気だよ、ありがとう」

病人のようにいたわられ、秋緒は苦笑した。広嗣はいつもそうだ。秋緒が儚《はかな》げな見た目の割に健康で、この五年、風邪《かぜ》らしい風邪もひいていないのは、広嗣が一番よく知っているはずなのに。

二階の自宅に帰り簡単な食事をして、この日は一緒に風呂に入った。キッチンやトイレは手狭だが、風呂だけはなぜか広々としているのが不思議な間取りだった。和室に布団を並べて敷きながら、秋緒は広嗣のようすを窺《うかが》った。

一緒に暮らすようになってしばらくは、セックスのタイミングをはかるのもひと苦労だった。一緒に寝るからにはしないといけないのだろうかと思ったり、逆に、そんなにしょっちゅうするべきではないのかもしれないと自重したりで、夜が来るたびそわそわ落ち着かなかった。とくに広嗣は、自分の欲より秋緒の意思を尊重するタイプなので、なおさら秋緒のほうが戸惑って緊張した。

けれどいまはなんとなく、お互いのそういう空気も読める。秋緒は今日はない日だと判断して、「おやすみ」と広嗣に軽く口付けた。どちらも割合淡白な性質《たち》なので、こういう日のほうが圧倒的に多い。

「アキさん、キスだけもうちょっと……」

目を伏せた広嗣の、やさしく整った顔が近づいて、秋緒は布団に膝をついた姿勢でぱちりと目をまたたいた。

「そうなの？」

「うん、キスだけ」

ちゅ、と唇《くちびる》を啄《ついば》まれながらささやかれ、自然と口を開ける。広嗣が我慢をしているわけではないのは、官能を引き出そうとしない穏やかなキスでわかる。寝かしつけるようなゆるやかな口付けに、秋緒はうっとりと身体の力を抜いた。

「おやすみなさい、アキさん」

いつのまにか布団に倒されていたが、広嗣は唇を離すとスマートに身を引いて、電気を消し、隣の布団に潜っていった。ほんのりと目の周りが熱くて、秋緒は自分も布団をかぶりながら「ヒロ？」と隣を見つめる。

「うん？」

「……手、つないでもいい？」

広嗣はちょっと笑って、「いいよ」と布団から手を出した。自分の手を重ねて、指を絡めてぎゅっと握ると、それだけで胸がいっぱいになる。

広嗣への想いは、毎日見る鮮やかな自然の景色によく似ていて、秋緒はかすかに感じる痛みを、息を止めて胸の奥へ押し込めた。

2　二〇一四　梅雨　広嗣

雨が降りそうな雲行きで、広嗣は商店街のアーケードを出る間際の足を止めた。

そういえば、「今日も夕方から雨だぞ」と耕太郎さんが言っていたのをいまさら思い出す。秋緒がそれを聞いてそうそうに洗濯物を屋内に入れに自宅に戻っていたことも。六月に入り、梅雨《つゆ》入りが間近なのだ。昨日も雨だった。

牛乳パックが二本入った買い物袋を手に空を見上げると、さっそく頬にぽつんと雫《しずく》が当たった。商店街のアーケードを抜けてしまうと、店までの約五分、雨を遮るものはなにもない。周りには畑と、ぽつぽつと民家があるきりだ。次の一滴が最初の一粒より大きくて、広嗣はしかたなく駆け出した。

ぽつんぽつんと、頭に当たる雨粒が多くなる。店は窓がたくさんあるから、秋緒もいまごろ雨が降り出したことに気付いているだろう。店の中から空を見上げ、物憂げにする秋緒の表情が目に浮かぶ。

電車の踏切を過ぎると、道沿いにちんまりとした二階建てが見える。広嗣と秋緒が暮らす、カフェ『ユクル』だ。庇《ひさし》の下に人影があって、広嗣は首を傾《かし》げた。

この時間帯は混雑することはないし、外で席が空くのを待っているというわけでもないだろう。それにまだ雨宿りをするほどの雨脚でもない。不思議に思いながら「こんにちは」と広嗣が声をかけると、華奢な身体がびくりと振り返った。

この近くの公立高校のセーラー服を着た女の子だった。耳の下でまっすぐに切り揃えられた黒髪のボブスタイルが、日本人形のように凛《りん》とした顔立ちによく似合っている。警戒心の強い目で見上げられ、広嗣は買い物袋をひょいと上げ「ここの店の者です」と笑ってみせた。

「よかったらどうぞ。雨も降ってきたし」

彼女は戸惑うように視線をさまよわせ、あらためて広嗣を見た。

「あの、……ひとりでも、入って大丈夫ですか？」

「もちろんです」

若干おおげさに答えると、彼女はちょっと肩の力を抜いた。ドアを開けて中へ促すと、カウンターの中で、秋緒が「こんにちは」とはんなり微笑む。

「あれ、ヒロおかえり」

「ただいま」

連れてきた少女を、カウンター席へ促した。店内には、読書をしている耕太郎さんと、スマートフォンをなぞっている若い女性がいるだけだ。

おずおずと椅子に座った彼女に、秋緒がメニューの一枚紙を差し出した。

「今日のケーキは、バナナのメープルケーキと、なめらかプリンです」

秋緒の微笑みに、少女は気圧《けお》されたように少し身を引く。秋緒は特別顔立ちが華やかなわけではないが、独特の、しっとりとしたうつくしさがある。前に知里が「アキちゃんのきれいさはダイヤモンドじゃなくて真珠」と言ったのが、広嗣にはとてもしっくりきた。

「あの、でも、カフェオレを」

はい、と秋緒が冷蔵庫から牛乳を出して、手鍋であたためはじめる。秋緒は、なにげない動作のひとつひとつがするすると静かで甘い。あたためた牛乳を入れたカフェオレボウルに直接濃いめのコーヒーをドリップして、カフェオレができあがる。それから秋緒は飾り棚のガラス瓶から、チョコレート、ココナッツ、胡麻のクッキーを一枚ずつ豆皿に置いた。両方を乗せた白木のトレーは広嗣が運ぶ。

それを休憩の合図と察した秋緒が、広嗣にひとつ頷いてキッチンへ消えていく。

カフェオレのトレーをカウンターに置くと、彼女は遠慮がちに広嗣を見上げて「ここで少しだけ勉強してもいいですか？」と訊ねた。「はい、どうぞ」と広嗣が微笑むと、ほっとしたように、スクールバッグから筆記用具やノートを取り出す。赤い表紙の物理の参考書は、広嗣が高校時代に受験勉強で使っていたものと同じだった。

「ごめんなさい、いつも行く図書館が臨時休館で」

むかしを懐かしむ広嗣の視線を、言葉とは裏腹の無言の批判と取ったのか、申し訳なさそうに俯《うつむ》かれてしまう。広嗣は慌てて「違うんだ、俺のほうこそごめんなさい」とカウンターへ引っ込んだ。

「俺もむかし同じ参考書使ってたから懐かしかったんです。わからない問題があったらよかったら訊《き》いて？　たぶん役に立てると思うから」

医学部を目指してがむしゃらに勉強していた日々はだいぶ遠い思い出だけれど、覚えたことを忘れるほど過去のことでもない。物理と数学は得意だったから、答えられない質問はおそらくないだろうと思った。

少女は「ありがとうございます」と言ったが、実際その日のうちに広嗣へ質問してくることはなかった。スマートフォンのアラームを設定して勉強をはじめたようで、きっかり二時間後に振動ではっと目が覚めたように顔を上げる。悲愴なまでの集中が、他人ながらいささか心配になるくらいだった。

彼女は冷め切って表面に膜が浮いたカフェオレを一気に流し込み、クッキーを急いで口に入れながら荷物をまとめる。とっくに休憩から戻っていた秋緒がレジに立ち、広嗣はドアを開けて少女を外まで送った。外はもう暗かったが、雨はやんでいる。しっとりと濡れた気配のする道を、白いセーラー服の背中が遠ざかっていく。

店に戻ると、知里が「なんか可哀相な子だったわね」と言った。

「受験生かしら。せっかく一番かわいい時期なのに、あんな鬼気迫る顔でお勉強ばっかりじゃもったいないわ」

すると、ふふ、と秋緒が軽い笑いを響かせた。

「なあにアキちゃん、どうしたの？」

「いえ。広嗣も、一番かわいい時期をああやって過ごしてたなあって思い出して」

ね、と笑顔を向けられ、広嗣は決まり悪く頬を掻《か》いた。知里が意外そうに、広嗣の頭からつま先までをじっくり眺める。

「がり勉タイプには見えないのに。爽《さわ》やか運動部って感じ」

「爽やか運動部だったのはアキさんです。弓道部の主将してた」

今度は広嗣が「ね？」と首を傾けると、秋緒が照れくさそうにはにかんだ。たおやかなイメージの秋緒だが、白衣に袴《はかま》をつけて弓を構える姿は、凛として清冽《せいれつ》な若武者のようだった。キューピッドの恋の矢がなんてよく言うけれど、秋緒の射た矢は、広嗣の真ん中にたしかに刺さった。

あのとき学生服の秋緒と出会っていなかったら、いまとはまったく違う生活をしていただろうと思うと不思議だ。きっと自分はよくわからないままに知識だけを詰め込んで医者になって、なにがしあわせかもわからないまま平坦な人生を送っただろう。

しみじみと深く、秋緒に出会えてよかったと思った。

制服の彼女は、それから、土曜や日曜の昼過ぎに店をおとずれるようになった。

週末は図書館も人が多くて、私語はなくてもどうしても落ち着かない雰囲気なのだと言う。ピンと張り詰めた神経質な感じがやっぱりどこか心配で、広嗣は、厭《いと》われるのを覚悟でときどき彼女に話しかけるようにしていた。秋緒に比べると自分はずっと不器用なほうで、あまりそういうのは得意ではないけれど、むかしの自分と重なる女の子のことを放ってはおけなかった。

逆に、秋緒のほうは彼女には必要以上に話しかけない。いつも気負いなく穏やかに客に声をかける秋緒には珍しいことだった。

「ヒロさん」

遠慮がちな声に、広嗣はグラスを磨く秋緒からはっと目を離す。カウンター席の少女が、開いた参考書を指でさしながら広嗣を見上げた。

おせっかいを焼くうちに、彼女は少しずつ広嗣に打ち解けはじめた。自分のことも、少しずつ教えてくれる。近くの公立高校の二年生であること。父親が自宅で開業している耳鼻咽《じびいん》喉科《こうか》医で、跡を継ぐことを望まれていること。だけどどちらかといえば文系科目が得意で、成績が伸び悩んでいること。田辺香南子《たなべかなこ》と名乗った少女は、聞けば聞くほど自分と境遇が似ていた。

「わからないところあった？」

こく、と香南子が頷くと、秋緒が「ここはいいから見てあげたら？」と微笑む。ちょうど客入りの少ない時間帯で、オーダーも入っていなかったので、広嗣はカウンターを出て香南子の隣の椅子に腰かけた。

勉強はもともときらいではないのだと思う。整然と並ぶ数列を見るとすっと気持ちよく背筋が伸びる。

「なんだか兄妹みたいだねえ」

珍しくテーブルでなくカウンター席でコーヒーを飲んでいた正道さんがそう言って笑った。

「ねえアキちゃん」と同意を求められた秋緒は、磨いていたグラスを丁寧にしまってから「ええ」と短く返事をする。

「広嗣が頑張ってお兄ちゃんしようとしているのは、見てて微笑ましいですね」

「ひどいなあ」

ふふっと秋緒と正道さんが揃って笑う。

そこへ、リンとドアベルが鳴って、数人の客が入ってきた。比較的客の年齢層の高いこの店には珍しい、十代の女の子の四人組だ。こんにちは、と秋緒が彼女たちをテーブル席へ案内する。広嗣も「ごめんね」と香南子に謝って席を立った。

香南子と同じくらいの年だろうか。若い女の子が四人も集まると、それはそれは賑《にぎ》やかだった。普段こんなことはないので、広嗣と秋緒もちょっと戸惑う。ときおり、なにか大変なことが起こったのかと思うくらいの甲高い悲鳴めいた声が上がるが、本人たちは楽しいだけのようだ。しばらくすると、正道さんは「今日はもうお暇《いとま》しようかな」と苦笑して帰っていってしまった。申し訳ない気もしたが、おしゃべりを禁止しているわけではないし、女の子たちに注意をするのもためらってしまう。

「香南子ちゃん、大丈夫ですか？」

広嗣がそわそわしつつキッチンからようすを窺っていると、秋緒がこそりと香南子に声をかけるのが見えた。香南子はびくりと真っ青な顔を上げて、「大丈夫です」と答える。

「お水飲みますか？」

「あの、でも、今日は帰ります」

そそくさと香南子が帰り支度をはじめる。水玉模様のリュックに参考書や筆記用具を放るように詰めて椅子を立つ。なんだか危なっかしいな、と広嗣がキッチンを出ようとした瞬間に、香南子の身体が崩れるようにして視界から消えた。

「香南子ちゃん！」

焦った秋緒の声に、さすがに女の子たちの声高なおしゃべりもやんだ。広嗣はカウンターからフロアへ飛び出して、床に倒れる香南子の横に膝をつく。

脈は少しはやいが、呼吸は正常だ。名前を呼ぶとうっすらと目を開けるので、アレルギーや喘息《ぜんそく》があるのかを訊ねる。香南子は小さな声で、どちらもないから大丈夫、ごめんなさい

と言った。

「ヒロ、二階で休ませてあげて」

秋緒の声に頷く。細い身体を抱き上げようとすると、秋緒が「待って」と言って、常備している膝掛けを出してきた。香南子のスカートの膝にそれをかけるのを見て、さすが気遣いが違うと感心する。

あらためて横抱きにした香南子を、秋緒の先導で二階の自宅へ運んだ。和室に布団を敷いて寝かせる。そばにいるほうが落ち着かないかと思い、「あとでようす見に戻るから、それまでいてね」と声をかけると、香南子は弱々しく頷いてぐったり目を閉じた。

広嗣が店に戻ると、四人組の女子高生たちは帰ったあとだった。テーブルを片付けていた秋緒が「大丈夫？」と首を傾げる。

「うん。あとでまた見に行くよ」

そう、と秋緒はほっと息をつく。

「ああいうときの対処も、ちゃんとしなきゃいけないね」

「そうだね、難しいけど」

万人が満足する店なんて、この世には存在しないと思う。それでも、なるべくたくさんのひとにここで気持ちよく過ごしてほしい。最初は客の気持ちになることばかりを考えていたけれど、最近は、まず、自分たちがここをどういう場所にしたいのかが一番大事なのではないかと考えるようになった。どんなひとに、どんなふうに過ごしてほしいか。店側のエゴかもしれないが、そのためには、こちらが客を選ぶことも必要なのかもしれない。

　店作りには正解もゴールもなくて、広嗣も秋緒もいつも迷ってばかりだ。それでも、ここが好きで、秋緒が好きだから、悩んで考えることは苦にならなかった。広嗣はここを、秋緒がいつも穏やかに、きれいに笑っていられる場所にしたい。それが、ずっとずっと続く場所にしたい。

　夕方に、秋緒に声をかけてから店を抜けて、二階へ上がった。香南子は布団をきちんと上げて、畳に正座して膝の上で参考書を広げていた。

「もう平気？」

　広嗣の声に、香南子がはっと顔を上げる。

「はい。ご迷惑をおかけして、すみませんでした」

　ううん、と広嗣は首を振って、店から持ってきた、ルバーブのクランブルケーキと紅茶を乗せたトレーを畳の上に置いた。ふたつのティーカップに熱い紅茶をついで、あたためた牛乳を入れてミルクティーにする。

「どうぞ」

「あの、でも、」

「ケーキは端っこだから。お茶は俺が飲みたかったたし」

白々しい言いかただったけれど、香南子はしばしためらってからティーカップを手に取った。一口飲んで、ほうっと息をつく。それからフォークを手にして、ケーキの端を小さく切って口に入れる。「おいしい」と呟《つぶや》かれ、広嗣もほっとした。

「この酸《す》っぱいの、なんですか？」

「ルバーブ。庭でアキさんが育ててるんだ。フキみたいな葉柄の部分をジャムとかお菓子にするんだよ」

香南子は興味深そうに頷いて、小さめに切ったクランブルケーキを最後まで食べた。

「ごちそうさまでした」

こころなしか、顔色もよくなったように見える。詮索のしすぎはよくないと思いつつ、広嗣はつい「ごはんちゃんと食べてる？」と訊ねていた。香南子はちょっと首を傾げて、それから広嗣がなにを心配しているのかを察したのか、少し慌てたように「食べてます、平気です」と胸の前でぱたぱたと手を振る。

「さっきのは、違うんです。なんていうか、わたし、騒がしいの、苦手で」

目を伏せて、香南子はまっすぐな黒髪を指先で耳にかけた。

「キャーとかワーとか、大きな声聞くと、頭痛とか目眩《めまい》とかして。さっきはそれで、急に立ち上がったからくらってきて」

早口でそこまで言って、ふいに口を噤《つぐ》む。広嗣が黙って待っていると、香南子はしばらくしてから「でも」と膝の上のスカートをぎゅっと握った。

「でも本当は、そうやって友だちとはしゃげる子が羨《うらや》ましいだけなのかもしれない」

きゅっと歪《ゆが》められた顔から、広嗣は目を逸《そ》らして俯いた。

勉強をしないといけなくて、友だちと遊んでいる場合ではなくて、でもひとりではいやで、だけど賑やかな場所は苦手で、騒がしい人を嫌悪する。

広嗣もむかしはそうだった。自室で机に向かっていると、ときおり叫び出したいような閉塞感に襲われて、勉強はなるべく学校の図書室や、予備校の自習室を使っていた。余裕がなかったんだと思う。視界が狭かったのだ。望まれていることはたったひとつだと思っていたから、それ以外は見ないようにしていた。

遊びたい、と明確に思っていたわけではない。だけど、遊んでいる同年代の子たちが羨ましくなかったといったらたぶん嘘《うそ》になる。

「わかるよ」

広嗣がささやくようにして頷くと、香南子は少し不愉快そうに眉をひそめた。

「本当だよ。俺もおんなじように思っていた時期があるから。でもね、いますぐは無理かもしれないけど、いつかきっと、香南子ちゃんを救ってくれるなにかと出会えるよ」

自分でも、ふわふわした夢みたいな慰めだと思った。陳腐で曖昧《あいまい》で、きっと彼女のガチガチと冷えた心には届かない。だけど、広嗣にはそれが真実だった。

「たとえば、好きな人ができるでしょう。そうすると、一気に視界が広がるよ。自分以外のことが見えて、考えることが増えて、つらかったけど、なんかはじめて、ああ、生きてるなあって思った」

「……わたしは、いまはそういうの無理です」

かちりとますますかたくなになった香南子の態度に、失敗したかなとちょっと焦る。あの頃、秋緒はどんなふうに、広嗣の視界を広げてくれたんだろう。癒《いや》されて、ほぐされて、このひとと手を繋ぎたいと思うことで心が楽になったのは、どんなきっかけからだったか。思い返せば、秋緒の言葉ひとつ、仕種《しぐさ》ひとつが全部鍵だったように感じて、広嗣はしおしおと肩の力を抜いた。秋緒のようにできればと思ったけれど、自分にはとても無理だ。

「アキさんはすごいなあ……」

え？　と香南子が顔を上げる。広嗣は、苦笑いで頰を掻いた。

「さっきのね、俺を救ってくれたのはアキさんだったから」

すると香南子は、眉をひそめて首を傾げた。普段彼女はあまり秋緒と話をしないから、もしかしたら名前までは頭に入っていないのかもしれない。広嗣が「アキさんって、ほら、いつもカウンターに入ってる、」と説明をしかかると、香南子は「わかります、アキさん」と遮った。

「……じゃあ、ヒロさんの好きな人って、アキさんなんですか？」

「――あ、」

秋緒との関係は、誰にも話していない。一緒に店をやっているから、ふたりの関係を訊かれることはよくあるが、いつも秋緒がそつなく「高校の先輩後輩です」と答えていた。嘘はないが全部でもない。秋緒はそういう言葉選びが絶妙にうまい。

べつにことさら隠す関係だとは思わないけれど、詮索が困るのは広嗣も同じだった。実家のこと、家族や友人のこと、前歴と、この店をはじめることになったいきさつ。話せないと思うことはたくさんある。それはすべて、ふたりの関係からはじまっていることだった。

「ごめん。内緒にしてくれる？」

結局、そう口止めするしかなかった。自分から話しておいて秘密にしろというのも勝手な話だったが、香南子はこくりと神妙に頷いた。

「――帰ります。今日はすみませんでした」

外階段を一緒に下りて、店の前で香南子を見送った。裏口に回って店に戻ると、秋緒が顔を上げる。

「おかえりなさい」

「うん、ただいま」

客はひとりもいなくて、店には甘い香りが充満していた。カウンターの電熱器でジャムを煮ているらしい。明日の日替わりケーキはスコーンにしようと思いながら、広嗣はキッチンに足を向ける。

　ジャムを煮たり、シロップを作ったり、そういう、単純で、だけど時間のかかる作業を秋緒は好んだ。小さな瓶には、秋緒がいとおしむ時間や未来が密閉されている。秋緒の仕事は丁寧で、瓶の中身はいつも宝石のように澄んでいた。ラベルのない不揃いな瓶が並んでいるのを見るのは広嗣の幸福のひとつだ。

「味見する？」

　ティースプーンに一口すくったジャムを差し出され、広嗣は口を開けた。きゅんと甘酸っぱいルバーブの味は、去年はじめて知った。甘すぎないジャムは秋緒によく似ている。「おいしい」と言うと、秋緒が花のように微笑んだ。

「そうだ、アキさんごめん」

「なあに？」

「香南子ちゃんに、俺たちのこと話しちゃった」

　広嗣の言葉に、秋緒はきょとんと目を瞠《みは》った。

「俺たちのって、……付き合ってるって？」

「うん。直接そう言ったわけじゃないんだけど、流れでばれちゃって。言いふらされることはないと思うけど、ごめんなさい」

　すると秋緒はそっと視線だけを横にずらして、詰めていた息をほっと短く吐き出した。

「アキさん？」

「――ううん。ヒロがそれでいいなら俺はかまわないよ」

安堵《あんど》みたいな吐息をごまかすように秋緒は笑って、広嗣の頬をちょっぴり撫でた。指先でかわいがられる感じはきらいじゃない。

「ねえヒロ」

「うん？」

「今日の晩ごはんは、ラーメン屋さんに行かない？」

珍しい提案に、広嗣は目をまたたかせた。食にそれほどこだわりのない秋緒は、外食をしたがることが滅多にない。しかもラーメンなんてメニューは、秋緒の口からはじめて出たようにすら思う。

「え？　ラーメン？　アキさんが？」

「なんで？　おかしい？」

「おかしくは、ないけど」

秋緒が「ほら、商店街に中華屋さんがあったでしょ」と言うので広嗣は半分首をひねるような気分で頷いた。

たしかに、商店街のちょうど真ん中に、小さな中華料理店がある。広嗣はそこのチャーシューメンが好きで、休みの日や休憩時間にふらりと出向くことがたまにあった。秋緒とも一度か二度、一緒に行ったことがあったと思う。だけど、そこに秋緒が行きたがるというのは意外だ。

「なんかね、」

秋緒はステンレスの流し台に腰を引っかけて、遠くを見る目になった。

「もし高校生のヒロとデートするなら、ラーメンとか食べに行くんだろうなって、急に思ったんだ」

「なあに、それ」

「なんだろうね。よくわからない」

ふふっと秋緒がやわらかく声を立てて笑う。秋緒の笑いはいつもふわふわとやさしくて、どこか切なく広嗣に届く。好きな人が笑っているのに、泣きたいような気持ちになるのはどうしてなんだろう。

抱きしめたくなって、だけど店の中なので我慢する。

かわりに広嗣は、指を伸ばして秋緒の頬を一度だけ軽くつついた。

3　二〇一四　夏　秋緒

「最近、香南子ちゃんがよく来るねえ」

正道さんににこにこと見上げられ、秋緒は「そうですね」と頷いた。正道さんの定位置のソファ席から振り返ると、カウンター席の小さな背中が見える。秋緒はテーブルのグラスに、ミントが香る冷たい水を注ぎながら、夏のセーラー服を視界に入れた。白い襟《えり》に紺のライン。高校生の清潔な背中が眩《まぶ》しい。

たしかに、学校が夏休みに入ってから、香南子は前よりよく店に来るようになった。いつも行っているという図書館にも学生が増えて、落ち着かないからというのが理由だそうだが、おそらくそれは建前にすぎない。

「あれは、恋する少女の目だな」

正道さんは声を潜め、少年のようにわくわくと輝かせた目で香南子の背中を見る。その正面に座っていた耕太郎さんは対照的に、フンとつまらなそうに鼻を鳴らした。

「下世話な老人になったものだな、正道」

「なんだい、耕ちゃんは失礼だなあ」

丸々とした正道さんが頬を膨らませて「おこだぞ」と言うので笑ってしまう。耕太郎さんは面倒そうに顔をしかめて、手元の文庫本へ目を戻した。

「だってアキちゃんも気になるよね？」

「え？」

「香南子ちゃんの恋の行方《ゆくえ》」

いたずらっぽく見上げられ、秋緒はぎこちなく微笑んだ。「そうですねえ」と曖昧に首を傾げながら、一緒に水の入ったピッチャーまで傾けてしまう。ビチャビチャと木の床に水がこぼれて、秋緒は慌ててモップを取りに裏口から外へ出た。

「アキさん、大丈夫？」

「うん、平気」

外で乾かしていたモップを手に店に戻ると、カウンターで香南子の相手をしていた広嗣が気遣わしげに秋緒を見た。

「少し奥で休んだら？」

「本当に大丈夫。心配しないで」

香南子の視線を感じながら、秋緒は濡れた床をモップで拭いた。正道さんと耕太郎さんの服は濡れなかったようでほっとする。「すみません」と秋緒が頭を下げると、正道さんは「いいよいいよ」と笑った。

「毎日暑いもんねえ。そのうえ香南子ちゃんの視線も熱いし？」

ひそっとささやかれ、苦笑するしかない。

「相手にせんでいいぞ」

呆れたように耕太郎さんが言って、下がっていいというようにひらひらと手を振った。それに甘えて、秋緒はカウンターからキッチンへ逃げ込む。

庭に出て、水道でモップを洗って逆さにし、壁に立てかけた。そしてそのままその場にしゃがみ込む。動揺して水をこぼすなんて恥ずかしい。自分らしくなかった。

香南子が広嗣を好きなことには気付いていた。積極的にアピールするようなことはないけれど、見ていれば誰にでもわかる。正道さんが言うように、彼女の目は明らかに恋する女の子のものだ。

キッチンにいることが多い広嗣が、フロアに出てくる時間帯を彼女はちゃんと知っていて、いつも決まってタイミングよくその時間におとずれた。忙しいランチの時間帯に香南子の姿を見たことはない。そして広嗣が声をかけると、ぱっと顔を輝かせる。

香南子が広嗣を好きになるのはしょうがないと思う。

外でまごついているところを見つけて店に誘ってくれ、勉強を教えてくれ、倒れたら抱き上げてくれる。できすぎなくらいの王子様だ。十代の女の子がこれで恋に落ちないほうがおかしい。

緑がいっぱいの庭は夏の日差しをたっぷり受ける。白いうなじが、ジリジリと音を立てて日に焼けるようだった。

広嗣はやさしいのだ。ハの字眉毛の甘く整った顔立ちそのままの人柄は、つまり少しお人好しなくらいだった。一度でもやさしくされたら、誰だって広嗣の魅力に気付く。そしてきっと好きになる。

それを一番よく知っているのは自分だと秋緒は思う。ひとりぼっちになって空っぽだった秋緒に、広嗣は本当に、辛抱強く、根気よく、ひたすら心を傾けてくれた。一心に、という言葉をあのときほど実感したことはない。自分が立ち直れていまこうしてここにいるのは、広嗣がいたからだった。

広嗣は、彼女を高校生の頃の自分と重ねているらしい。勉強に必死だった当時の広嗣のことは、秋緒も少しだけ知っている。だけど香南子と広嗣のイメージは重ならない。香南子と似ているのはやっぱり自分のほうだと秋緒は思った。

だからなんだろうか。広嗣が香南子に親身になっているのを見るのは複雑な気分だ。

普段なら、広嗣に気のある女性客なんてたいして気にならない。広嗣が愛想《あいそ》よく笑っていても平気だ。なのに、今回に限って、自分よりずっと年下の女の子相手に、もやもやしてしかたない。

「アキさん？」

店の裏口が開いて、広嗣がキョロと秋緒を探す。庭の水道のそばでしゃがむ秋緒を見つけると、広嗣は転がるようにして飛んできた。

「アキさん！　どうしたの、やっぱり具合悪いの」

肩を摑《つか》んで顔を覗《のぞ》き込んでくる広嗣の勢いに、秋緒は驚いて目をまたたく。

「やだな、平気だよ」

びっくりさせてごめんね、と言うと、広嗣は眉をひそめて首を振った。ずっとしゃがみ込んでいたせいか、立ち上がるとくらっと目眩がした。支えてくれた広嗣の手を借りて、裏口からキッチンへ戻る。冷たい水を差し出されたので一口飲んだ。

ほっとひと息ついて、カウンターに出ようとすると、広嗣がついてくる。

白いシャツの腕まくりをしなおして、カウンターの蛇口で手を洗った。ちょうど正面に香南子がいて、秋緒と、隣に立つ広嗣を順番に見る。

「アキさん」

「ヒロ、本当に大丈夫だから」

「でも、」

「さっきはほら、ミミズを見てただけだよ」

強引すぎる言い訳に、さすがの広嗣も不快そうにする。だけど、宥《なだ》めてあげようという気は起こらなかった。

「ヒロくんは心配性だね」

秋緒の隣でむっつりと黙り込んだ広嗣を、正道さんが明るく茶化す。「そうなんです」と秋緒が微笑むと、広嗣は「だって」と子供みたいに反駁《はんばく》した。

「アキさんは、すぐ我慢するから」

まるで秋緒の痛みを肩代わりしているように、広嗣が顔を歪める。すると秋緒の目の前で、香南子もどこかを痛がるように目を細めた。

彼女は、秋緒と広嗣の関係を知っている。いまも、広嗣が秋緒を思いやるのを見て、胸を痛めたのだろう。広嗣は鈍感だ。ふたりの関係を知っている香南子が、自分のことを好きになるなんて思っていない。だから気付いていないのだ。彼女はこんなに、表情で、仕種で、広嗣が好きだと訴えているのに。

そっとかたわらを見ると、広嗣は一心に秋緒を見ていた。これじゃあ香南子の気持ちには気付けない。そう思うと彼女が可哀相で、だけど、ひと匙《さじ》の砂糖みたいな優越感もいなめなかった。

清潔で、どこか脆《もろ》くて、だけど自分で立とうと必死な女の子。思春期の彼女を相手に、恋人の感情をひとり占めしていることで優位に立って安心するなんて、自分が浅ましくておとなげなくていやになる。

秋緒は唇を結んで、ふいっと広嗣の横をすり抜けた。

「アキさん？」

「ゼリー、見せて」

「冷蔵庫のゼリー見てくる」

ひんやりとした秋緒の声に、広嗣は戸惑うようにして「うん」と頷いた。

本当にいやになる。冷蔵庫の扉を開けて、今日の日替わりスイーツのために作った、ココナツとマンゴーの二層ゼリーを取り出す。べつに作ったミントのジュレを乗せて三層にしたら完成だ。時間はかかるが作業自体は単純。秋緒が作れるのはおしなべてこういう類《たぐい》のものだった。ジャムやママレード、シロップ、ゼリー。あとは植物。広嗣のように、複雑な手順や味付けが必要なものは作れない。

ため息をついて冷蔵庫の扉を閉める。自分がひどく、情けなくてちっぽけだと思った。

閉店の時間になると、広嗣が「アキさんは先に上がっててていいよ」と言った。

「明日の仕込みはだいたいできてるし、レジも掃除も俺がやるから」

気遣われているのだ。いたわろうとしてくれるのはうれしいけれど、本当に体調は悪くないので、今日に限っては居心地の悪さのほうが勝る。「大丈夫だって言ってるよね」と言った自分の声が、思ったよりずっと棘《とげ》を含んでいて、秋緒ははっと口を噤んだ。

頭痛持ちで食が細い以外、特別健康に問題があるわけでもない秋緒を、広嗣がどうしてこんなに大事に扱うのかはわかっている。

秋緒は十九歳のときに、両親を交通事故で亡くしている。家族を亡くしてひとりぼっちになって呆然《ぼうぜん》とするしかなく、ろくに食事もできなかった当時の秋緒の姿が、広嗣の中には爪《つめ》痕《あと》のように残っているのだろう。

「ヒロ、本当になんともないから」

「うそだよ」

珍しく、広嗣も厳しい声を出した。

「悪いけど、アキさんの『大丈夫』は信用できない」

きっぱり否定されて、秋緒はむっと唇を引き結んだ。

あれからもう七年が経っている。なのに、広嗣の中ではまだ秋緒は立ち直りきっていなくて、庇護といたわりが必要な存在なのなら、それはとてももどかしいし心外だった。

秋緒が腹を立てたのに気付いて、広嗣も片頬をわずかに引き攣《つ》らせて不愉快そうにする。

ふい、と目を逸らしたのは同時だった。広嗣はキッチンに引っ込み、秋緒もいつもどおり売り上げの計算をして店内の掃除をする。その夜は、二組の布団を少し離して眠った。


翌日、朝一番にやってきた耕太郎さんは、秋緒と広嗣を見比べて呆れたように肩を竦めた。さすが長く教師をしていただけあって、年少の人間の機嫌や変化には敏感だ。「ふたりの喧《けん》嘩《か》は久し振りだな」とため息混じりに言われ、秋緒はつい不機嫌に「そんなんじゃないです」と返してしまった。

「……すみません」

「いや。忘れているなら教えてやろう。前回の喧嘩は去年の秋だ。広嗣くんが正道と栗拾いに行って捻挫《ねんざ》をして帰ってきて、なのに痛くないと言い張って秋緒くんを困らせた」

そういえばそんなこともあったと懐かしく思い出す。秋緒に栗ごはんを食べさせようと内緒で正道さんと栗拾いに行った広嗣は、慣れない山道で転んで足を挫《くじ》いた。お年寄りに肩を借りて帰ってきた泥だらけの広嗣を見て秋緒は驚いて、呆れて、子供のやんちゃを叱《しか》るように広嗣を諭した。それで広嗣は機嫌を損ねて「痛くない」と言い張り、湿布すら貼らせてくれず、珍しく秋緒をずいぶんと困らせたのだった。

それでも翌日には「ごめんなさい」と謝ってきたのが広嗣らしかった。

「その前の年の話もしようか。あれは夏の暑い日だった。珍しくふたり揃って寝坊して、店をいつもの時間に開けられなかった。どちらが目覚ましを止めたのかで言い争って、結局正道が新しい目覚まし時計をプレゼントしたな」

それも言われて思い出す。広嗣は、秋緒の寝顔を見るのを異常に厭う。だから秋緒は毎日かならず広嗣よりも先に起きるようにしている。目覚ましをセットするのも止めるのも秋緒の役目で、忘れたことは一度もなかったのに、その日は目覚まし時計が鳴らなかったのだ。前日にセットした記憶はたしかにあって、だから秋緒は広嗣が止めたのだと思った。だけど広嗣も記憶にないと言う。それで言い合いになって、いまふたりの枕元にある目覚ましは、正道さんが「きっと時計が壊れてたんだよ」と言って贈ってくれたものだ。そのときも、夜遅くに広嗣が「どっちも悪くなくて、どっちも悪かったことにしようよ」と言って「ごめんね」と先に謝ってくれた。

なるほど、自分たちはほぼ一年に一度のペースで、なにかしら小さな喧嘩をしているらしい。決まり悪くて秋緒が目を逸らすと、耕太郎さんは「秋緒くんは頑固だな」と軽くため息をついた。カウンターの中にいた広嗣が「そうなんですよ」と身を乗り出して同意する。

「そう思うなら謝ってあげればいいだろうに」

すると広嗣もそろっと視線を逸らす。ハア、と耕太郎さんは大きなため息をついて「コーヒー」と言った。

夕方やってきた知里も、ふたりの雰囲気がよくないことにすぐ気付いた。「珍しいのねえ」と言って、「ヒロくん、はやく謝っちゃいなさいよ」と笑う。

「もう、みんなそうやって、アキさんのこと甘やかす」

コーヒーをドリップしている秋緒に代わってフロアでテーブルを片付けていた広嗣が、ぷくっと頬を膨らませてぼやく。

「あら、一番アキちゃんのこと甘やかしてるのはヒロくんでしょ？」

「それは、そうですけど。……でも、今回は謝りません。俺、悪くないですから」

あらま、と知里が視線を寄越すので、秋緒は小さく苦笑してみせた。昼に耕太郎さんに指摘されたとおり秋緒は頑固者だが、広嗣のほうは頑固というより意志が強い。一度決めたらまっすぐで、かならずやり遂げる力強さがある。

今日は朝から一度も目を合わせていないのも、広嗣の意志の強さゆえだ。だからといって、秋緒に謝れという態度でもないのが広嗣らしかった。

怒って尖《とが》っていても甘くて、秋緒の目には、広嗣の肩や視線に淡い色の金平糖が乗っているみたいに見える。黒いシャツの肩や横顔をそういうふうに眺めていると、なんだか、自分がなにに腹を立てていたのかわからなくなってきた。

「――ヒロ」

呼ぶと、広嗣はカウンターに来て、秋緒が差し出したコーヒーのトレーを受け取る。

「ごめんね」

さらりと謝ると、広嗣は「へっ」と目を丸くした。まじまじと見られても、いまこれ以上なにかを言うわけにいかなくて、秋緒は目を伏せて洗い物をはじめる。広嗣も食い下がることはなく、聞いた言葉が本当か疑うように首を傾げながら知里にコーヒーを運んでいった。

夜になって、和室に布団を敷いていると、背中にのそりと広嗣がのしかかってきた。

「アキさん」

「うん」

「……仲直り、してくれるの？」

うん、と秋緒は頷いて、首をうしろに向けた。目を閉じると、広嗣が少しだけ迷う間を置いてから、そっと唇を合わせる。

「ほんとに、具合が悪いんじゃないよね？」

秋緒はもう一度頷いて、ぱたんと身体を布団に倒した。仰向《あおむ》けに寝ころがった秋緒を、広嗣がきょとんと見下ろす。

「ヒロが香南子ちゃんにあんまり親切だから、ちょっとやきもち焼いちゃった」

手を伸ばすと、広嗣の身体がゆっくりと覆いかぶさってくる。重なった広嗣の身体を抱きしめて、秋緒はほっと息をついた。

「ごめんね。——仲直りしよう？」

うん、と広嗣が熱っぽい吐息を秋緒の首筋に埋めた。そのまま、がじ、と軽く噛みつかれて、素直に首を晒《さら》す。

広嗣の唇が、やさしく秋緒の身体を辿《たど》ってゆく。「脱げる？」と訊かれ、秋緒は着ていたTシャツの裾《すそ》を摑んで大きくまくり上げた。素肌を広嗣の手が撫でて、そのあとを唇が追いかける。秋緒は寝ころがったままTシャツを脱いで、広嗣の服にも手をかけた。Tシャツを脱がせてスウェットを下げる。

そこで秋緒が身を起こすと、広嗣が首を傾げる。「どうしたの？」と訊ねられたが、返事はせずに広嗣の脚のあいだに身を伏せた。

「アキさん……ッ」

下着の中に手を差し入れて、まだ反応していない広嗣の性器をそろりと握る。く、と広嗣が息を止めて腹筋をかたくした。取り出して、唇を寄せる。舌を這《は》わせながらゆるくしごくと、太い性器がたちまち芯《しん》を持つ。ハ、と広嗣が荒い息をつくのに気分をよくして、秋緒は口を大きく開いて熱を頬張った。

「アキさん、むり、しないで」

無理なことなんかひとつもない。熱くて、すべらかで、広嗣の性器をかわいがるのは好きだった。舌を使って丁寧に、かたく膨らんでいく熱をいとおしむ。

「アキさんも、触っていい？」

「ン、いいよ……」

広嗣の指が、秋緒のハーフパンツと下着を取り去って、肌を丁寧になぞる。秋緒のいわゆる性感帯を広嗣はよく知っていて、ひとつずつ、ろうそくを灯《とも》すように順繰りに火をつけていった。背中側から、濡れた指が忍び込む。噤んだ場所は広嗣の指をよく知っていて、触れられるとすぐに吸いつこうとする。逸《はや》る自分の身体に、秋緒は熱い息をついた。

身体がぐずぐずに甘くなって、広嗣に向かって咲くように開く。本格的に触りたいのか、身体の位置を入れ替えようとする広嗣を、秋緒は身をよじって制した。

「だめなの？」

せつなげに眉を絞る表情に男の色気が漂う。こんな顔を見せられたら、なんでも許して全部開いてあげたくなる。だから秋緒は「うん」と頷いた。

「だめだよ。今日は俺がごめんねの係だから」

「……ごめんねのかかり？」

小学生の係活動みたいな言いかたに、広嗣が肩で息をしながらきょとんと目を瞠る。

秋緒は小さく笑って、広嗣の胸を押した。反り返る性器にやさしく避妊具をかぶせて、大きく上下する腹筋を裸の脚で跨《また》ぐ。

「ン……っ」

膝立ちになって、とろけた場所に、うしろ手で支えた広嗣の熱をあてがった。ゼリーでぬるぬるとすべる先端を、秋緒は慎重に自分の中へ導く。広嗣は、秋緒の腰が落ちきるまで、じっとおとなしくしていた。

ぺた、と尻が広嗣の腰に着地して、安堵に似た息をついたのは同時だった。普段のセックスで、秋緒が上になる体位は滅多にしない。広嗣がいつも、秋緒の身体を気遣うことを最優先にするからだ。だけど秋緒はこうして広嗣を見下ろすのも好きだった。

秋緒がぎこちなく腰を前後にグラインドさせると、広嗣はぐっと息を詰めた。

「ヒロ、きもち、い、の？」

「ん、すごい、気持ちいい……」

広嗣が、跨《また》がる秋緒を夢見るような目で見つめる。裸の腿《もも》と腰を、熱いてのひらでじっくりと撫でられて、秋緒はもどかしく身をくねらせた。

「――つながってるとこ、見せて？」

熱した飴《あめ》みたいに甘い目でねだられて、秋緒は身体を動かした。広嗣の身体の両脇で、布団についていた膝をそろそろと立てる。M字の開脚で晒した、自分で見下ろすことはとてもできない恥ずかしい場所に、広嗣がじっと視線を注いだ。

「すごい、ひくひくしてる」

「ン……」

見つめられる緊張と羞恥《しゅうち》に、意思とは関係なく、きゅ、きゅ、と広嗣を含んだ場所が収縮する。そんな小さな動きもつぶさに見られているのだと思うと、恥ずかしくて、なのにじわじわと興奮した。

「あ……、ハァ」

見つめられているだけで、どろどろと身体が溶け出しそうだ。秋緒がぶるっと身体を震わすと、広嗣は腹筋で勢いをつけてぐんと起き上がった。シーソーのような要領で、今度は秋緒の背中が布団に沈む。

「ン、う……っ」

「ごめん、平気？」

広嗣の熱が当たる位置が荒っぽく変わり、秋緒が呻《うめ》く声をこぼすと、広嗣は動かしかけた腰をはっと止めた。間近から顔色を窺われて、秋緒は手を伸ばすとペチンと広嗣のおでこを軽く叩く。

「大丈夫、ってば。恥ずかしいよ」

頬を染める秋緒に、広嗣は「うん」と笑って、ゆっくりと腰を引いた。見られるのが恥ずかしいと言ったのは逆効果だったようで、広嗣の視線がますます近くて熱い。

「あっ、ヒロ、や……ッ」

スローなペースでゆっくりと揺すられる。抜き出すとき、突き入れるとき、奥で腰を回されるとき。それぞれの反応の違いを、広嗣はじっくりと観察しているようだった。

「や、そんな、見ない、で……、あっ」

「うん、でも、アキさん、すごくきれい……」

感じ入ったようにささやかれ、羞恥がさらに募った。

秋緒は、広嗣が気持ちよさそうにするのが一番うれしいし興奮する。

熱っぽいまなざしも、汗をかく肌も、ときおり溺《おぼ》れるように激しくなる腰の動きも、広嗣の生の気持ちを秋緒に率直に伝えてくれる。

同じくらい、自分の気持ちも伝わっているといい。広嗣に合わせて腰が揺れるし、キスがしたくて濡れた舌先が覗く。理性でも本能でも広嗣が好きだと伝わるなら、必死で身体を繋げることには大きな意味がある。

「アキさん好き、……好き」

小刻みに揺すられ、喘《あえ》ぐ声を弾ませながら、秋緒も好きだよと言葉を返す。

絡めた指先に力がこもり、お互いの手の甲に爪を立てるのも同時で、声もなくのぼりつめたのも、同時だった。

4　二〇〇五　春　広嗣

　ひっそりと静かな廊下を、広嗣はひとり早足で進んでいた。

　三時間目の工芸の授業中に、彫刻刀で指を切ってしまったのだ。掠《かす》めた程度なのでそれほど痛くはないが、左手親指の腹からは、じわじわと赤い血がにじみ続けている。おさえておけばすぐに止まるだろうと思ったがなかなか止まる気配がないので、しかたなく保健室に向かっているのだった。

　どのクラスも授業中だから、廊下では誰ともすれ違わなかった。工芸室のある四階の東端から、西端の円形階段を使って一階に下りる。筒状になったガラスの壁から春の日差しが眩しく差し込んで、広嗣はちょっと顔をしかめた。

　ノックをして保健室のドアを開けると、ふくよかな女性の養護教諭が振り向いた。

「こんにちは」

　声をかけられ頷く。養護教諭は、指をおさえているティッシュの血を見て「あらあら」と立ち上がった。

「なにで切ったの？」

「彫刻刀です。工芸の授業で」

あらあ、とまた彼女は言って、消毒液と脱脂綿、絆創膏《ばんそうこう》を用意する。見せて、と言われて手を出したところで、保健室のドアがふたたびノックされた。「どうぞ」という養護教諭の答えを待ってからドアが開く。広嗣もなんとなく目を向けると、そこには青い顔をした男子生徒が立っていた。

制服のチェックのズボンに、大きめのキャメル色のカーディガン。白いシャツの襟に通ったネクタイの色が赤いので、広嗣の一学年上、三年の生徒だとわかる。

「平坂くん、こんにちは」

「こんにちは、先生。ごめんなさい、薬もらえますか？」

ほっそりとした上級生は、見るからに具合が悪そうで、広嗣は座っていた丸椅子から立ち上がって彼に席を譲った。「どうぞ」と声をかけると上級生はそこではじめて広嗣に目を向けた。それなりに整った顔立ちで、どことなくしっとりとした、独特の雰囲気がある。

一瞬目を奪われて、それから広嗣はぱっと視線を逸らした。

小学校から高校までの一貫教育と、名門大学への進学率が売りのこの男子校に、広嗣は初等部から通っている。男ばかりの環境にはもう慣れすぎるほど慣れて、疑問も不満もひとつもない。周りはよく冗談とも本気ともつかない調子で、あの下級生がかわいいだの先輩が美人だの言っているが、広嗣はそういうことを感じたことはいままで一度もなかった。

同性に限ったことではない。芸能人や近くの女子校の誰それがかわいいという話題にも、いつもついていきかねる。名前を出されても顔が浮かばないのがほとんどだ。たぶん自分は他人にあまり興味がないのだと思う。

だけどいま目の前の上級生は、妙にはっきりと広嗣の視界に入ってきた。

「あの、俺はあとでいいので」

指をおさえていたティッシュを外すと、血はほとんど止まっている。広嗣がそう言うと、養護教諭は広嗣と秋緒を見比べて、「そう？　悪いわね」と薬棚の鍵を開けた。

「――なら、きみの手当ては俺がしようかな」

上級生は、すと、と静かな動作で養護教諭の椅子にかけて、消毒液を手に取った。

「え？　でも」

「気を遣ってくれてありがとうね。ただの偏頭痛なんだ」

はい、とてのひらを差し出され、つい怪我《けが》をした左手を乗せてしまう。まるで犬のお手だ。

上級生は「いい子」と微笑んで、消毒液を含ませた脱脂綿で傷口を丁寧に拭《ぬぐ》った。ぴり、とはじめて痛みらしい痛みを感じて、広嗣は思わず顔をしかめる。

「痛い？　ごめんね」

「いえ、すみません」

絆創膏を手早く巻いた広嗣の指を、ちょん、と上級生の指がつついた。

「いたいのいたいの、とんでけー」

あげくそんなことを言うのでびっくりする。ちょっとの切り傷を痛がったから子供扱いされているんだろうか。普通ならからかわれているのかと腹が立ちそうな仕種だったが、不思議と悪い気分はしなかった。

「平坂くん、はいお薬。少し休んでいく？」

「ありがとうございます」

頭痛薬の箱と水の入ったコップを差し出された秋緒が、白い錠剤を二粒飲み込んだ。それから制服のネクタイをゆるめて、慣れた仕種でベッドに上がり白いカーテンを引く。風邪以外で薬を飲むなんて、広嗣はしたことがない。頭痛というのもあまり経験がないからよくわからないけれど、単純に、つらいのだろうなと不憫《ふびん》に思った。

その日の放課後、駅のホームで電車を待っていると、すぐ近くに保健室で会った上級生がいるのに気付いた。

向こうは広嗣には気付いていないようだった。挨拶するような仲ではないから、なんとなく目が合わないようにして、やってきた電車には隣のドアから乗り込む。各駅停車の車内は、混雑はしていないが空いているシートはなく、広嗣は乗り込んだのとは反対側の扉によりかかった。

広嗣の自宅は、この駅から約二十分先の、急行が止まらない駅にある。学生の多くは学校から徒歩三分程度の最寄り駅を使って通学するが、電車の乗換えが面倒なので、広嗣は学校から歩いて十分ほどかかる別路線の駅を利用していた。

この路線を使う同じ学校の生徒は少ないので、よく見る顔なら覚えている。けれど、保健室の上級生を認識したのはこの日がはじめてだった。

上級生のほうは、広嗣とはちょうど対角線上にある斜め前の扉にもたれて、外を眺めていた。長めの髪を耳にかける仕種が繊細そうで、覗いた横顔が青白いのが気になる。

どこかの席がはやく空くといいと思いながらときおり視線を向けていると、数駅を過ぎたところで、突然彼は手すりを摑んだままその場にずるずるとしゃがみ込んだ。

「ちょ……っ」

思わず身体が動いた。揺れる車内を大股《おおまた》で横切り、しゃがみ込む彼の隣に膝をついて肩を摑む。大きめのカーディガンの下の肩が、思ったよりずっと小さくて驚いた。

「大丈夫ですか、ええと、――平坂先輩？」

保健室で呼ばれていた名前を思い出してそう声をかける。すると彼は眉を寄せてかすかにだけ視線を上げた。乾いた唇が色を失っていて、広嗣も眉をひそめる。

「大丈夫です」

鞄に入っていたミネラルウォーターのペットボトルを差し出してみたが、やんわりと断られた。次の駅までの間隔は短くて、ほどなくして電車が停まる。おりようとする彼をそのまま見送ることはできなくて、広嗣も一緒に電車をおりた。

　彼がホームのベンチに座るのに手を貸して、所在なく近くに立ち尽くす。

「――あ、きみ、お昼の」

　中途半端な位置で不自然に立つ広嗣を不審そうに見上げた彼が、ぼんやりと口を開いた。広嗣のことを思い出したのは、ぶらりとたらした手の指の絆創膏を見たせいかもしれない。

「どうも」と広嗣が軽く頭を下げると、彼も「はい、どうも」とちょっと頷いてみせた。

「家、この近くなの？」

「いえ」

「じゃあ、俺に付き合わせちゃったんだね、ごめん。少し休めば大丈夫だから、次の電車が来たら乗ってね」

　ベンチに座った彼は立っている自分を見上げるのもしんどそうで、広嗣はとりあえず隣に腰をおろした。大丈夫と本人は言うが、電車の中で倒れかけるほどの体調を普通大丈夫とは言わない。

　ホームの時計を見上げるときっかり四時で、ふと、ちょうど午後の半端な休憩時間なはずの父のことを思い出す。

「昼の頭痛、治らないんですか」

　訊ねながら携帯電話を取り出してアドレス帳を手繰《たぐ》り、滅多にかけない父のデスク直通電話の番号を選んだ。ツルル、と呼び出し音が鳴り、「はい」と父の声がする。

「広嗣だけど」

普段から感情の読めない父がどういう反応をしたのかは、「どうした」と答える声だけではわからなかった。

「学校の先輩の体調が悪くて、どうしたらいいか教えてほしいんだけど」

隣の上級生に聞き取りをしながら、父とやりとりをする。偏頭痛の簡単な対処法をひととおり聞いて、通話を終えた。

「コーヒー飲めますか」

「え？　うん」

すぐ近くの自動販売機であたたかいコーヒーを買って差し出す。彼は身を引いて遠慮したが、広嗣が手を引っ込めないのを見て小さな缶を受け取った。プルトップを開けて、ひと口コーヒーを飲む。

「……おいしい、ありがとう」

ほ、と彼が息をついたので、広嗣も安堵した。ゴウ、と音がして、ホームに電車が入ってくる。風にあおられて、彼の長めの髪が乱れた。耳に髪をかける仕種がもう一度見たいなと、なぜか唐突にそんなふうに思ったことに困惑する。

電車のドアが開いて、ぱらぱらと人がおりる。それを見ながら、広嗣はベンチに腰かけなおした。上級生が、怪訝《けげん》そうな顔で広嗣を見る。

「先輩、家はどこですか？」

訊ねると、彼は広嗣の自宅の最寄り駅と同じ名前を口にした。近くに学校の先輩が住んでいるなんていままでまったく気付かなかったので驚く。

「それ飲んだら送ります」

広嗣の申し出に、彼は「えっ」と眉をひそめた。

「そんな、大丈夫だよ」

「なんか心配だし、同じ駅だから」

広嗣の言葉に、彼も「そうなの？」と驚いた顔をする。家が近所という親近感のせいか、彼はそれ以上は広嗣の申し出を断らなかった。

ふたりで黙ってベンチに座り、何本かの電車を見送る。線路の向こうに小さな児童公園があって、大きな桜の木から花びらが落ちるのが見えた。暗くなりかけた空の、ほの赤い夕焼けと、桜の薄桃色がきれいだった。

「そろそろ帰ろうか」

「はい」

次の電車に乗り込むと、座席がひとつだけ空いていたので上級生を座らせた。広嗣が見下ろす位置からは、素直な黒髪の襟足と白いうなじがよく見える。すんなりと華奢なラインを眺めながら、このひとは病弱で、だから細いんだろうかと考えた。

駅に着いて、広嗣は駐輪場から出した自転車のうしろに上級生を乗せた。教えられた彼の自宅は、広嗣の家とは駅を挟んで反対側だ。地元なのによく知らない道に自転車を走らせる。二人乗りなんていつ振りだろう。七歳から電車で私立の学校に通っているから、近くに住む、いわゆる地元の友だちというのに縁遠いのだ。

上級生の家は、大通りに面した古い日本家屋だった。大きな家ではないが、立派な門から建物までのアプローチが長くて、敷地面積が広い。広嗣は植物のことはよくわからないが、よく手入れされた庭木が、風にさわさわと揺れるのを心地よく感じた。

自転車をおりた瞬間に、飛び石に足をとられて上級生が転びかける。腕を掴んで抱きとめると、彼はほっそりとした身体をほうっとゆるませた。警戒心が薄いのかもしれない。自分だったらこんなふうに無遠慮に触られたら硬直するだろうと思ったので、彼の反応は意外だった。

ふらついているのがやっぱり心配で、図々しいのは承知で家に上がり込んだ。両親と暮らしているそうだが、ふたりとも仕事に出ていると言う。台所で薬を飲んだ彼は、二階の自室に上がってベッドに入る。

広嗣のほうは、帰るタイミングを完全に逸していた。どこかで彼のほうから「もう大丈夫だよ」と言ってもらえれば頷いて帰るつもりがあった。なのに彼は、まるで広嗣のことを異物として扱わない。自宅で飼っている犬がついて歩いているくらいにしか思っていないような自然な振舞いだから困る。

「……ありがとう」

ふかふかした高めの枕に頭を預けて、彼は小さく微笑んだ。

「いえ、俺はなにも」

「ううん。黙って近くにいてくれたのが一番ありがたかったよ」

父から、明かりや大きい音を避けるようにと言われたのだ。そう言うと、彼は「さっき電話していたのがお父さん？」と訊ねた。

広嗣の父は自宅の隣で開業医をしている。専門は内科だ。それも話すと、彼は「そうなんだ」とおっとり相槌《あいづち》を打った。おそらくさっき、眠くなる成分の入った鎮痛剤を飲んだのだろう。うとうとと輪郭の淡い声だった。

「じゃあきみも、お医者さんになるの？」

「……そう、ですかね」

返事は自然と、重く低い声になった。

はっきりと跡を継ぐように言われたことはないけれど、医者になることを望まれているのは理解している。さいわい勉強はきらいじゃないから苦にならない。やればやっただけ確実に身についているのがわかるから、頭も悪くないのだと思う。高校二年の春の現段階で、志望している私大の医学部は合格圏内だ。

ただ、医者になりたいのかと問われたら、自信を持って頷くことはできなかった。不満はない。けれど、それが自分にとっての最良の選択だとも思っていなかった。でもほかにやりたいことがあるわけではないのだ。親は医者になってほしいようだし、なれないこともなさそうだから、なろうと思っている。広嗣の気持ちはそんな感じだ。曖昧模糊《もこ》としていて、あまりに頼りない意思だと自分でも思う。

周囲はもっとはっきりしている。勉強に絞って打ち込む生徒は、脇目も振らずに自分の夢や目標に向かって邁進《まいしん》しているし、一方で、初等部や中等部からの内部進学組の中には、大学受験にそれほど必死にならずバイトや遊びに精を出す連中もいた。

広嗣は、どちらかと言えば勉強熱心なほうのグループに属している。だけど、勉強が中心の、ストイックが過ぎる感覚は、居心地がいいとは言えなかった。だからといって、勉強は授業とテスト前程度で、あとはバイトだカラオケだ合コンだと遊びたいのかといったらそれも違う。

どちらかに振り切ることができればきっと楽なのだろう。だから、羨ましいなといつも思うのだ。勉強にしても、遊びにしても、自分が選んで納得していることをできる人間が羨ましい。

どうして自分の毎日はこんなに息苦しいんだろう。

すう、と軽い寝息が聞こえて、広嗣ははっと我に返った。

考え込んでいるうちに、布団の中の上級生は寝入ってしまっていた。繊細そうな見た目の割に豪胆だ。それとも、それだけ具合が悪かったということだろうか。

どちらにしても、また帰るタイミングを見失った。このまま帰るのはあまりに無用心だ。かといって、せっかく眠った彼を起こすのもしのびなかった。

しかたないので、鞄から教科書とノートを取り出して、宿題をはじめる。

結局、自分は無趣味なのだ。こういうふうに時間があっても、勉強以外にすることが思いつかない。スポーツなり芸術なり、なにか興味があって好きなことがあれば、この先なにかもっと、違う道を志すこともあるんだろう。だけどいまのところ広嗣には、具体的に描ける将来の夢が医者しかないのだった。

電気をつけていない部屋で、膝に乗せた教科書の文字が本格的に見えなくなってきた頃、ようやく階下で玄関のドアが開く音がした。広嗣は荷物を持ってそろりと部屋を出て、意を決して階段を下りた。玄関で靴を脱いでいた四十代くらいの女性が、広嗣を見てギョッと目を瞠る。

「すみません、お邪魔しています」

「いえいえ。秋緒のお友だちかしら？」

若々しくておっとりとした顔立ちが、いまは眠っている上級生によく似ていた。広嗣は玄関で、彼の母親と向かい合い、あらためてぺこりと頭を下げた。

「学校の後輩で、瀬名広嗣といいます」

それから、彼の具合が悪かったので送ってきたこと、眠ってしまったので帰るに帰れないでいたことを簡単に話した。しきりに恐縮され、変な汗が出てくる。広嗣はへどもど返事をしながら、玄関に揃えた黒のローファーに足を突っ込んだ。

「お邪魔しました。お大事に」

逃げるようにして平坂家をあとにする。焦りすぎて、門を出てしばらく自転車で来たことを忘れていて、取りに戻ったくらいだ。

そのとき、玄関のすぐ脇にすらりと伸びた木があって、檸檬《レモン》の実がいくつもなっているのに気付いた。檸檬の実がなるのはこんな時期なのか。味を想像して口の中がぎゅっと酸っぱくなる。

さっき、彼の母親はなんて言っただろうか。

――アキオのお友だちかしら？

すらりとした容姿の彼に、アキオというどこか無骨に聞こえる名前はちょっと意外だ。

ひらさかあきお、と彼のフルネームを胸にしまいながら、広嗣は自転車のペダルをぐっと強く踏み込んだ。

秋緒が広嗣の教室をおとずれたのは、翌日の朝のことだった。廊下側の席のクラスメイトに「広嗣、三年が呼んでる」と声をかけられ目を向けると、ドア端に微笑む上級生の姿があった。

「おはようございます」

席を立って駆け寄り挨拶をすると、彼も「おはよう」と笑みを深くした。昨日よりずっと顔色がいいのでほっとする。

「昨日はありがとうね、瀬名広嗣くん」

丁寧にフルネームを呼ばれて首を傾げた。

「俺、名前言いましたっけ」

「母に聞いたよ。俺はヒラサカアキオといいます」

昭雄とか、明男とか、ちょっと古いような変換しか浮かばず、広嗣はつい「あきお」とそこだけ反復してしまう。すると秋緒は人差し指でツイツイと宙に字を書いた。

「秋の、いとぐちと書いて秋緒。九月生まれなんだ」

秋緒、と説明された漢字を浮かべると、今度は目の前の人にすごくしっくりとおさまった。古いようなと思ったばかりなのも忘れて、彼にぴったりのきれいな名前だと思う。

「俺が寝ちゃったから、母が帰るまでお留守番をしていてくれたんだってね。本当にごめんね、ありがとう」

「いえ。体調はもう大丈夫なんですか」

「うん、おかげさまですっかり元気」

それで、と秋緒は言って、手にしていた紙袋を差し出した。マチの大きい無地の紙袋の中には、さらにクラフト紙の紙袋が入っている。

「お礼に、もらってくれる？　母が焼いたパンなんだ」

「え、いや」

「小麦粉のアレルギーがある？」

「いえ、ないですけど」

「ならよかった」

にこにこと微笑まれては遠慮するほうが申し訳なくて、差し出された紙袋を受け取った。

「ありがとうございます、いただきます」

「うん、いい子」

手を伸ばしてきた秋緒にくしゃくしゃと髪を撫でられる。学校の先輩からこんな子供扱いをされるのはおさまりが悪くて、反応に困る。だけど、秋緒の手はさっぱりと甘くて心地よかった。

「じゃあ俺はこれで」

「――あの！」

思わず呼び止めた頭上で、始業のチャイムが鳴った。教室のクラスメイトたちが、がたがたと音を立てて席につきだす。三年生の教室はひとつ下の階だ。秋緒だって教室に戻らなければいけない。

どうして引き止めたのか自分でもわからず、だけど引き止めてしまった以上なにか言わなければと、広嗣は焦って言葉を探した。

「あの、……これ、よかったら、一緒に食べませんか」

受け取ったばかりの紙袋をちょっと掲げてみせると、秋緒は驚いたように目を瞠った。広嗣も、自分の言ったことに自分で驚いていた。昨日はじめて知り合ったばかりのひとつ上の先輩を、こんなふうに誘うなんて、およそ自分らしくない。はやくなる鼓動を宥めつつ返事を待つ広嗣に、秋緒はおっとりと微笑んで「はい」と頷いた。

それでその日は、昼休みに中庭で待ち合わせて一緒に昼食をとった。秋緒のクラスにはなぜか誰かが持ち込んだレジャーシートがあるそうで、終わりかけの桜の木の下でそれを広げて並んで座る。

お互い弁当も持っていたので、ふたり分の弁当と、朝もらったパンを全部広げた。運動会の日みたいに広がる弁当が非日常的で、子供みたいにそわそわしてしまう。

秋緒の母が今朝はやくに焼いたというパンは、見た目も整っていたが、食べてみると、自分が知っているパンとはまるで味が違うので驚いた。りんごと胡桃を練り込んだライ麦パンはどっしりと重い。しっとりした生地を嚙みしめると、混ぜ込まれたりんごと胡桃だけでなく、生地自体の甘さと香りを強く感じた。広嗣の家では父が米食派なので、パンはコンビニの惣菜《そうざい》パンやたまの朝食で頰張る程度で、こんなふうに「嚙んでおいしい」なんて思ったのははじめてだ。ほうれん草とチェダーチーズのパンもおいしくて、夢中で食べる。

「おいしい？」

秋緒がふいに手を伸ばして、広嗣の口元の食べかすを指で払い落とした。やさしく触れる指にどきりとして、同時に、子供みたいにがっついて食べているのを見られたことを恥ずかしく思う。

「すごくおいしいです。パンってこんなに美味《うま》いのあるんだ」

はらはらと桜が舞い散る。

「……春風を食べてるみたいだ」

広嗣が言うと、秋緒はぱちりと目を瞠って、それからやさしく細めた。

「母が聞いたら喜ぶな、ありがとう」

「小麦粉とかが特別なんですか？」

うーん、と秋緒が箸《はし》を止める。彼の弁当箱は、広嗣の半分くらいの大きさだった。ほっそりとした見た目どおりの小食らしい。

「国産小麦で気に入っているのがあるって言っていたかな。それから、最近天然酵母を作るのにはまってるみたいで、それを使うと味がぜんぜん違うんだとも言ってたよ」

パンが膨らむのは、イーストと呼ばれる酵母が生地に含まれる糖を分解する際、炭酸ガスを生成するせいだ。自分で酵母を起こしてパンを作るというのは、化学の実験のようでおもしろいなと思う。

「ごちそうさまでした」

たくさんもらったパンは、結局ほとんど広嗣がひとりで食べてしまった。若干食べすぎて眠くなってくる。まだ風は冷たさが残るが、日差しがあたたかくて気持ちいい天気だった。隣にいる秋緒の穏やかな雰囲気もいい。

「先輩、眩しくないですか」

ふと気になって訊ねた。偏頭痛のときは、強い光や大きい音を避けるようにと昨日聞いたばかりだったせいだ。昼の、一番太陽が高い時間帯の直射日光は、秋緒にはきついのではないだろうかと心配になる。

「大丈夫だよ」

日差しに顔を向けて、秋緒が腕を大きく上げて身体を伸ばす。

「昨日みたいなのは滅多にないんだ。みっともないところ見せちゃったけど、頭痛持ちな以外は俺はなかなかの健康体です」

片腕を肘から折り曲げて、力こぶを作るようなポーズをして秋緒が笑う。無理をしているようなかげりはなくて、広嗣もほっとして笑い返した。

「だったらよかったです。病人みたいに扱ってごめんなさい」

ふふ、と秋緒はくすぐったがるように笑う。

「瀬名くんは、きっとすてきなお医者さんになるね」

広嗣は驚いて秋緒を見返した。昨日、医者になるのかと問われたことは覚えているけれど、こんなふうに軽やかに話題にのぼるとは思わなかった。

すてきなお医者さん、という言葉はまったく具体的じゃなくて、なのにすごくいいなと思う。秋緒がいま、どんなふうに、広嗣の未来を思い描いてくれたのか知りたい。そして、そのイメージみたいな人間になれるなら、医者も悪くないと思った。

こっそりと、秋緒の横顔に視線を向けた。静かで穏やかで、ちょっとさびしげな横顔は、見つめているとくらりと落ちるような引力を持っている。

深呼吸をしながら、吸い寄せられるように、広嗣は秋緒を飽きずに眺めた。

ひらひらと揺れながら落ちる桜の花びらが、秋緒の黒髪に静かに落ちる。「髪に花びらが」と言って広嗣が手を伸ばすと、秋緒は全部委ねるみたいに目を閉じた。秋緒の静かなイメージは、目を閉じるとさらに独特の膨らみかたをした。絵画みたいな、音楽みたいなひとだと思う。

「取れた？」

「――あ、はい」

なんでもない景色に色がついて、空気に香りを感じて、呼吸が楽になる。身体の中の、血の巡りを妙に意識した。指先が熱い。

このひとが、ずっと隣にいてくれればいいのに。毎日、このひとの隣にいられたらいいのにと思った。

5　二〇一四　秋　広嗣

日曜日、午前十一時三十分。カフェ『ユクル』には穏やかな時間が流れていた。カウンターには広嗣ひとりが入り、テーブル席には耕太郎さんと正道さん、それから香南子がいる。秋緒は、アールグレイの茶葉が切れそうなのにさっき気付いて、商店街にある専門店へ出かけていた。

三人へのランチの提供はすでに済んでいる。「ごちそうさまでした」と香南子が立ち上がり、カウンターの広嗣にトレーを返しに来た。

「ありがとう、でも座ってて香南子ちゃん。お客さまを働かせちゃ申し訳ないよ」

「ううん。おいしかったから、ちゃんとごちそうさま言いたくて」

香南子が恥ずかしそうに目元を染めてそんなふうに言うのでうれしくなる。香南子は普段、ランチのすっかり終わった夕方近くに店をおとずれる。頼むのは大抵ドリンクだけだから、広嗣の出番はない。そんな彼女が今日ははじめて昼前にやってきて、ランチを食べてくれたのだった。

「さつまいもと黒胡麻のパン、すごくおいしかったです。ヒロさんが焼いてるんですよね」

「うれしいな、ありがとう。パンはね、イーストの代わりに自家製のりんご酵母を使ってるんだ。それだけで香りがぜんぜん違う。アキさんのお母さんのレシピなんだよ」

アキさんの、と香南子はそこで少しだけ表情を曇らせた。けれど、広嗣が首を傾げると、ふる、とひとつ頭を振って目を上げる。

「にんじんのサラダもおいしくてびっくりしました。あんまりにんじん好きじゃなかったんだけど、生なら食べられるかも」

「煮ると甘みが出るもんね。俺もにんじんのグラッセはちょっと苦手だな」

答えた笑顔が、奥歯から響く痛みにヒクッと引き攣った。広嗣がひゅっと一瞬顔をしかめると、香南子が怪訝そうに広嗣の表情を窺う。

「ヒロさん？」

「ごめん、なんか最近、奥歯が痛いような気がして」
二、三日前から、左下の奥歯がときおりツンと痛むようになった。長く続く痛みではないから、なんとなくそのままにしてしまっているが、もしかしたら虫歯なのかもしれないと疑ってはいる。
心配そうにする香南子に苦笑いを返しながら左の頬を撫でる。すると、いつものソファ席から正道さんが立ち上がった。

「どれヒロくん、あーんしてごらん」

カウンターに乗り出した正道さんの言うとおり口を開けてから、そうだ、このひとは歯科医だったと思い出す。正道さんは、カウンターの明かりの下で広嗣の口の中を覗き込んで、「うーん？」と短く唸《うな》った。

「穴が開いてるとか真っ黒とかではないみたいだけど、ちゃんと診てあげるから今度のお休みにでもうちにおいで」

正道さんの言葉に、広嗣はひやりとして身を引いた。

病院にはできれば行きたくない。広嗣がいま持っているのは、父の扶養家族としての保険証だ。使えばおそらく医療費の知らせが実家に届く。それはどうしても避けたかった。

さいわい、広嗣も秋緒も身体は丈夫なほうで、いままで五年間、病気も怪我もしていない。やむを得ず病院にかかることになったら、保険証は使わず全額自費で負担しようと話し合って決めている。

ただ、それを正道さんには言えなかった。保険証を使いたくないから自費で治療費を払いますなんて、不審このうえないだろう。虫歯に自然治癒《ちゆ》がありえないことはわかっているので、この先もっと痛くなれば歯医者に行かないわけにはいかないとは思う。だけど、行くとしても、この近くではなく、念のために隣駅くらいまで足を延ばすつもりだった。

「歯医者はきらいかい？」

「そうじゃないんですけど……」

微笑みかけてくれる正道さんの顔をまっすぐに見られず、広嗣は顎《あご》を引いて斜めに俯いた。

うまく話を合わせて切り抜ければいいだけだ。なのに、そんなこともできない自分がいやになる。

わざと話題を変えること、察しの悪い振りをすること、——嘘をつくこと。

この先も秋緒とここで生きていくなら、嘘は絶対に必要だ。自分が嘘をつく、秋緒に嘘をつかせる。どんなにいやでも、それができなければ秋緒と広嗣の生活は守られない。

あのキーンって音が苦手で。そう取り繕《つくろ》おうと口を開きかけたところで、リンとドアベルが鳴る。「こんにちは」と挨拶をしかけたが、入ってきたのが秋緒だったので広嗣は目をまたたかせた。普段、広嗣も秋緒も、店のドアは使わないようにしている。買い出しも休憩も裏口からというのは、店が軌道に乗った頃にふたりで決めたルールだった。

「——秋緒くん？」

耕太郎さんが眉をひそめて呼んでも、秋緒は返事をしなかった。光の加減で、広嗣の位置からは秋緒のようすが見えない。カウンターを出て秋緒のそばまで近寄って、はじめて広嗣はぎくりとした。

秋緒の顔色は真っ青だった。はじめて会ったときも青い顔をしていたし、頭痛持ちの秋緒はたびたび体調を崩すが、こんな危うい表情は見たことがない。

「アキさん！」

焦点を失って呆然と空っぽの瞳にぞっとして、広嗣は秋緒の細い肩を摑んで揺すった。秋緒はゆるりと広嗣を見上げて、縋《すが》るようにぎゅっと眉を寄せる。

「どうしたの？　なにかあった？　具合悪い？」

矢継ぎ早の質問に、ヒロ、と秋緒が呟く。うん、と広嗣が答えると、今度は「ヒロ、の」と続く。

「俺の？」

「ヒロの、学年の、」

学年、という単語があまりに予想外で、広嗣も眉根を寄せた。

「商店街で、急に『平坂先輩』って声をかけられて、それで、」

そこまで聞いて、広嗣もひやっと心臓に氷を当てられたようなショックを受ける。近くの商店街で、高校時代の後輩に声をかけられた。秋緒はそう言っているのだ。

誰だったの、と訊くと、秋緒は広嗣の元クラスメイトの名前を口にした。秋緒にとっては弓道部の後輩にあたる。高校時代はほとんど接点がなかったふたりの、数少ない共通の知人だった。

「……それで？」

「わからない。走って、逃げてきちゃった」

秋緒がうしろを気にするような素振りを見せるので、広嗣は店のドアを開けて、道の左右をみはるかした。人影はなく、広嗣のスニーカーの下で、黄色に色づいたイチョウの葉が乾いた音を立てる。

「誰もいないよ」

「――そう」

秋緒はぎくしゃくと頷いて、それから崩れるように店の床にへたり込んだ。

「アキさん……っ」

広嗣が伸ばした腕を拒んで、秋緒はひとりで立ち上がる。だけど足元が覚束《おぼつか》ない。はらはらとするしかできない広嗣に、秋緒は俯いたまま「ヒロ」と言った。

「あと、お願いしてもいい？　ちょっと休みたい」

店をはじめて五年。秋緒が自分から店を休むと言ったのははじめてのことだった。広嗣は驚いて、だけどもちろん了承する。

「いいよ、大丈夫」

「ごめんね、ありがとう」

カウンターからキッチンへ抜けた秋緒が裏口から出て行く。裏口のドアが閉まる音を聞きながら、広嗣は、そういえば帰ってきてから秋緒が一度もフロアの常連客に目を向けなかったことに気付いて、あらためて胸を冷たくした。

「ヒロくん」

正道さんに声をかけられて、はっと焦点が結ばれ視界がはっきりする。

秋緒を心配していたつもりが、自分の視界もかなりぶれていたことに気付かされて、広嗣はじっとりと汗をかいたてのひらをエプロンの腰にこすりつけた。

「大丈夫かい？　ヒロくんもひどい顔色だ。お店、閉めたら？」

ふる、と強く首を振った。

しっかりしなければ。店は、自分が守らなければ。そうしないと、ここと秋緒、――つまりなにもかもを失ってしまう。

「大丈夫です」

答えた広嗣に、「広嗣くん」と厳しい声を出したのは耕太郎さんだった。

「訳ありなんだろうとは思っていたが、――なにかから、逃げているのか？」

どきりとして、肩が過剰に上下した。うしろめたいことがあると言ったも同然の反応に、正道さんと耕太郎さん、それから香南子も、揃って困惑と疑心が入り混じったような表情になった。

嘘をつく必要があると思ったばかりだ。だけど、いまこの場を収められるような嘘はなにも思いつかなかった。広嗣が顔を歪めると、香南子がおずおずと「悪いことをしたわけじゃないですよね？」と訊ねる。一瞬、問われた意味が理解できなかった。逃げるという言葉から、犯罪者とか逃亡犯とか、そういうイメージをされているのだと少し遅れてわかる。それでも、「違うよ」とそれだけを否定するので精一杯だった。

「……ふたりの関係のことかな？」

落ち着いた声で、そう言ったのは正道さんだった。この指摘もすぐには頭に入らなくて、広嗣は呆然と正道さんを見返す。

「まあ落ち着いて、ヒロくんもちょっと座りなさい」

カウンターの椅子を引かれ、広嗣はのろのろと従った。

「香南子ちゃん、外の札、閉店に替えておいで」

「え？　あ、はい」

香南子はぱちぱちとまたたいて、それでも正道さんの指示どおり、店の外のプレートをひっくり返して戻ってくる。

「ふたりがね、男の子同士だけど、いい仲なのは気付いていたよ」

ね、と同意を求められた耕太郎さんまで小さく頷くので驚く。気まずいような、申し訳ないような、いろんな気持ちがこみ上げて、広嗣はうなだれて両手で顔を覆った。隠せないため息がこぼれる。

もう駄目だ。真っ青な顔をしていた秋緒の絶望が、広嗣の足元にもひたひたと冷たく押し寄せる。

この土地に秋緒がいることがばれた。ふたりの関係が目の前のひとたちに知られていた。

立て直そう、立て直せると思った気持ちが、ぐらぐらと揺れる。いままで不恰好《ぶかっこう》に、不安定に、必死に積み上げてきた自分と秋緒の五年間が、いまにも崩れそうになっているのがわかる。

「俺たちは、ここに、――駆け落ちしてきたんです」

観念してそう口にした。

五年前の、冬の寒い日だった。広嗣はボストンバッグの荷物ひとつを持って、ひとりぼっちの秋緒を攫《さら》って逃げたのだ。

カケオチ、と、知らない国の言葉を反復するように、香南子が口にする。自分でも現実味のない単語だと思うけれど、他に自分たちのしたことを表現する言葉はなかった。

「アキちゃんとのことを、ご家族に反対された？」

正道さんの言葉に頷く。

「両親を事故で亡くして、アキさんはひとりになりました。俺はそういう、さびしかったアキさんの心に強引に上がり込んだんです。こんな言いかたはすごく傲慢《ごうまん》だけど、俺はアキさんに、俺を支えに生きてほしかった。俺がアキさんの全部になりたかった。後輩、友人、恋人、家族。――なにもかも、全部に」

秋緒とはじめて寝た翌朝に、広嗣は自宅に帰って両親と話をした。

自分の人生において、とても大切なひとであること。同性だけれど、この先一生守って愛していくつもりでいること。

祝福されると思って話したわけではなかった。ただなにより秋緒に対して誠実であるために、家族には隠さず話すべきだとそのときは思ったのだ。それに、きちんと話せば理解はしてもらえるはずだと考えていた。

けれど、広嗣の話を聞いて、母は泣き出し、父は激怒した。

感情的になった母は「あなたはおかしくなった」「相手に誑《たぶら》かされただけ」「お願いだから正気に戻って」と広嗣に縋りついたし、父には殴《なぐ》られて「二度と会うな。できないなら自分の息子ではない。出て行け」と怒鳴られた。

そのときのことは、いまでもときおり思い出す。あのとき、もっと言葉を尽くして説得することはできなかっただろうか。時間をかけて、理解してもらう努力はできなかったのか。だけどいつも答えはノーだった。とても無理だ。言葉やおこないで崩せるような壁ではなかった。

だから広嗣は考えて、考えて、三日後の夜に荷物をまとめて秋緒を迎えに行った。

「遠くへ行くんだ」と言った広嗣を秋緒はじっと見つめて、「わかった」と静かに頷くと、広嗣よりずっと小さな鞄をひとつ用意した。手を伸ばすと、秋緒はまるでお姫さまのように、広嗣のてのひらに指を乗せた。広嗣の決心を、まるごと知っている指だと思った。秋緒のすべてが託されたのだとそう理解して、うれしくて、胸が痛くてたまらなかった。

そこまで話すのに、どれだけ時間がかかったのかはわからない。ずいぶん長いこと話し続けたような気もするし、思ったよりシンプルに話し終えたようにも思う。

「そうだったんだね……」

目を潤ませて正道さんが頷く。香南子もスンと鼻を鳴らして神妙に俯いた。

ただ、耕太郎さんは、不快そうに顔をしかめて厳しい声を出す。

「それで、おまえたちはこの先どうするつもりなんだ」

元学校の先生らしい現実的な指摘に、ズキリと胸が痛んだ。

「秋緒くんが、商店街で旧知に会ったんだろう？　広嗣くんのご両親に話が伝われば、迎えに来られる可能性もあるな」

当然、秋緒はそれをおそれてあんなに動揺したのだろう。広嗣の心配も同じだった。出て行けと言ったのは父だが、だからといって突然家出した当時二十歳の息子を捜していないとも限らない。親に見つかればどうなるかは想像に難《かた》くなかった。

もう子供じゃないし自分の意思がある。そうは思っても、ここを探し当てられるかもしれないことは怖かった。また責められて、秋緒と離れるよう言われることも。

「そうしたら、ここを捨ててまたどこかへ逃げるのか？　それを一生繰り返していくのか。それが、秋緒くんのしあわせだと思うのか？」

耕太郎さんの厳しい言葉はいちいち正論で、広嗣は返す言葉もなく唇を噛んだ。

耕ちゃん、と正道さんが窘《たしな》める。すると耕太郎さんは立ち上がり、千円札をテーブルに置いて店を出て行ってしまう。

広嗣は、自分のしあわせも、秋緒のしあわせもここで作りたかった。小さな喧嘩をすることもあるけれど、ここの毎日は楽しくて、周りのひともやさしくて、日々が、四季が、穏やかに過ぎる。

だけど、広嗣のしあわせなら、本当は、秋緒が隣できれいに微笑んで、「ヒロ」と呼んでくれればそれだけでいいのだ。他にはなにもいらない。

——それが秋緒くんのしあわせだと思うのか。

耕太郎さんの声が、何度も耳に痛く繰り返される。秋緒がつらい思いをしないように、笑って過ごせるように、できる限りで心を砕いてきたけれど、でも、秋緒のしあわせがなんなのか広嗣にはわからない。やさしさにつけ込んで攫ってきた自覚があるから「しあわせか」なんて面と向かって秋緒に訊ねることは、怖くてとてもできなかった。

ここからまた逃げなければと思う。だけど、秋緒はついてきてくれるだろうか。新しい土地で、ふたりで暮らし続けることができるだろうか。

やっと落ち着けたと思ったのに、現実は、ここがベストだと思ったところで時間を止めてくれるわけではない。

当たり前のことに胸が重く塞《ふさ》がれて、広嗣は深くため息をこぼした。

リン、と鳴ったドアベルに、ぎくりと顔を上げた。広嗣の怯《おび》えにも似た反応に、入りかけた二人組の女性客が戸惑った表情で入店をためらう。慌てて、「こんにちは、おふたり様ですか？」と笑顔を作ってカウンターを出た。テーブル席に案内しながら、引き攣りそうになる頬に必死で笑顔を貼り付ける。

秋緒は今日も、店に出てこられないでいた。これで三日目になる。あの日の翌日は、ひどい顔色ながらもいつもと同じに店を開けたけれど、ランチのピークが終わったと同時に庭の水道で嘔吐《おうと》しているのを見つけて家に戻らせた。いつもの偏頭痛と嘔吐、微熱。寝込むほどではないが、接客仕事なんてとても無理な状態が続いている。

秋緒は、精神的な負担がすぐに身体の不調にあらわれるタイプなのだ。秋緒が両親を亡くしたときのことを思い出す。あのときもすっかり憔悴《しょうすい》してほとんど食事をしなかった。

だから、広嗣が料理を覚えたのは、そのときの秋緒を助けたかったからだった。

買ってきたなにを食べさせても吐いてしまう秋緒を前に困り果てて、結果、自分が台所に立った。それまで料理なんてしたことがなかったから、失敗もたくさんして、落ち込んで、悩んで、それでも広嗣はあきらめなかった。作ったものを何度も捨てて、悔しくてかなしくて泣いて、途方に暮れて、また包丁を握って鍋を火にかける。

その繰り返しの末に、はじめて秋緒が「おいしい」と言って泣いた日のことを、広嗣はいまでも昨日のことのように思い出せる。秋緒のたったひと言が、広嗣と料理を繋いで支えているのだ。

けれど、しばらく店を閉めようかと、今日は一日それればかり考えている。

ドアが開くたび、父や母ではないかと心臓を竦ませることに、広嗣も疲れはじめていた。いままでは、店を開けて客を迎えることで自分たちの居場所を確認していたのだと思う。盆も正月も休まなかったのは、店を閉めることが不安だったからだ。だけどいまは逆だった。店を開けていれば、ドアは自由に開いて、望んでいない客まで迎え入れてしまう。その無防備さがとても怖い。

正道さんがやってきたのは、その日の午後七時過ぎだった。正道さんはいつも、朝一番か夕方頃に『ユクル』をおとずれる。こんな夜に来るのははじめてだ。

「ヒロくん、今日はもうお店閉めちゃわないかい？」

無人のフロアを見渡して、正道さんは器用に片目をつぶった。「え？」と広嗣が目をまたたくと、「虫歯を診てあげよう」と言う。

「でも、」

「ほとんど隠居の爺《じじい》に診せるのは不安かもしれないけれど、これでも腕はいいんだよ。いいからお店閉めて、外はもう寒いから上着を着ておいで」

はやくはやく、と急《せ》かされては断れなくて、正道さんを店で待たせて二階に上がる。

厚手のパーカーをはおりながら「正道さんのところに行ってくるね」と言うと、キッチンでジンジャーシロップを作っていた秋緒は、振り返らずに「うん」と頷いた。テーブルには、朝広嗣が用意した、ドライフルーツをたっぷり入れたライ麦パンと、じゃがいものポタージュスープがまだ残っている。けれど、パンは端が千切られていたし、スープも半分くらいは減っていたので少しほっとした。それに、店で使うシロップを作っているということは、まだ、秋緒がここに留まりたいと思っている証拠だ。

「アキさん」

「ん？」

「行ってきます」

「うん、いってらっしゃい、気をつけてね」

秋緒がやっと振り返って、はんなりと微笑んだ。

店の戸締りをして、正道さんと夜の道を歩く。ひんやりとした風に、赤や黄色の落ち葉がかさかさと地面を撫でて飛んでいった。もうすぐ十月だ。今月は秋緒の誕生日があって、ふたりでちょっといいビストロで食事をした。そのときは、まさか数日後にこんなことになるなんて思ってもみなかった。

「アキちゃんの具合はどうだい？」

「やっぱりあまり食べてくれないですけど、家でいろいろしてます。さっきも、ジンジャーシロップ作ってました」

「神経の細い子なんだねえ」

「そう思います。たまに、びっくりするくらい大雑把なときもあるんですけど」

広嗣が苦笑すると、正道さんもやさしく微笑んだ。

「でも、庭にも出なくなったから、それはちょっと困ってます」

庭のことは、全部秋緒に任せきりなのだ。広嗣は野菜やハーブの収穫の時期もいまだによくわからず、冬に夏野菜をほしいと言ったりして、秋緒に「八百屋さんに行っておいで」と呆れられることもしばしばだった。水撒きも毎日全体にすればいいというわけではないようだし、どうしてやればいいのかまるでわからないでいる。

秋緒の庭は、耕太郎さんの細やかな指導でどんどん立派になったものだった。土や肥料、株や種も分けてもらっていたようで、ふたりで庭にしゃがみ込んでいる姿は、仲のいい祖父と孫のようにも、熱心な教師と生徒のようにも見えた。

耕太郎さんは、秋緒のことを特別かわいがっていた。広嗣もそう感じたし、秋緒も気付いていたと思う。だからなおさら、ふたりのことを知った耕太郎さんが店に来なくなったことは秋緒にとってショックだったはずだ。

言わなければよかった、と後悔する。

得体の知れない犯罪者のように思われるより、本当のことを知ってもらったほうがいいと思ったのだ。だから話した。その日の夜に秋緒にも、自分たちがどうしてここへ来たのかを打ち明けたと報告した。秋緒は静かに頷いたが、耕太郎さんが腹を立てたように帰ってしまったことを話すとかなしそうに目を伏せた。それから毎日、「耕太郎さんは来た？」と広嗣に訊く。広嗣が首を振ると、秋緒は「そっか」と俯いて、「ごめん」と謝ると「大丈夫だよ」と少しだけ唇を微笑ませた。

正道さんの斉藤歯科医院は、駅前の商店街を一本外れた住宅街にぽつんと建っていた。看板と玄関の明かりは消えていたが、入口のドアは鍵が開いたままで、広嗣は促されるままにスリッパを履いて医院内に入る。

歯は丈夫なので、歯医者に来るのは本当に久し振りだ。案内されたユニットにおっかなびっくりで腰かけ、紙コップに自動で注がれた水で口をゆすぐ。しばらく待っていると、白衣を着てマスクをした正道さんが、かたわらの丸椅子に腰かけた。

痛みがあった奥の歯は、やっぱり虫歯だったらしい。正道さんは「内緒だよ」と言って、手早く治療してくれた。

「はい、おしまい。麻酔が効いているうちは、飲み物とかこぼれるから気をつけるんだよ」

「ありがとうございます」

広嗣は、ユニットに腰かけたまま深々と頭を下げる。放っておけば虫歯はひどくなるいっぽうで、そうなったらきっと、何度も歯医者に通わなければならなかっただろう。ごく初期のうちに処置してもらえたことは本当にありがたかった。

「いいんだよ。——ぼくも耕ちゃんも、ふたりのことが本当の孫みたいにかわいいんだ」

耕太郎さんの名前に、広嗣は黙って目を伏せる。やさしくしてくれたひとを裏切った感覚は、口の中に砂を押し込まれたみたいなざらざらとした申し訳なさだ。

「耕ちゃんはね、一人娘が駆け落ちしているんだよ」

腰を上げ、ステンレスの皿の上の器具を片付けながら、正道さんがそう言った。広嗣は驚いて、呆然と正道さんを見上げる。

「十五年くらい前、——娘さんが二十五歳くらいのときかな、窃盗《せっとう》の前科があるバンドマンと一緒になりたいと言い出してね、耕ちゃんはそれはもう強硬に反対した。ふたりは何度も頭を下げたみたいだけど耕ちゃんは許してやれなくて、しばらくして、手紙ひとつ残して出て行ってしまった」

カチャカチャと金属の触れ合う音と、正道さんの昔語りの声が、静かな院内にたゆたう。

「耕ちゃんはすごく後悔していたよ。それはそうだよね。自分の子供にはしあわせになってほしい。親の望みなんて結局はそれだけなんだ。だけどいなくなっちゃったら、どうしているのかもわからない。きっとしあわせにしているだろうなんて楽観は到底できないから、親にできることは気を揉《も》むことだけだ。ちゃんと食べているか、お金はあるのか、寒くないか、周りに助けてくれるひとはいるのか。考えても考えても実際どうなのかを知ることはできないけど、考えずにいることもできない。耕ちゃんはずっとそうして暮らしてる」

ズキズキと胸が痛くて、広嗣は俯いて顔を歪めた。

「ヒロくんのご両親も同じだろうと、当然耕ちゃんは思うんだろうね。だからわかってやってほしいんだけど、ふたりのことを軽蔑したり不愉快に思ったわけじゃないんだよ」

広嗣も、家を飛び出した五年前ほど子供じゃない。自分の子供が突然同性と付き合ってるなんて言い出したら冷静になれない親の気持ちも、いまでは少しわかるつもりだ。耕太郎さんが娘の恋人を受け入れられなかった理由も理解できる。

「……ありがとうございました」

広嗣は立ち上がって、スリッパを履きなおし処置室を出た。薄暗い待合室で、スニーカーを履いてスリッパをしまう。一段低くなった玄関で、あらためて正道さんに向き合い、深く頭を下げた。

「いろいろ、本当にありがとうございます。だけどごめんなさい、俺はどうしても、――どうしても、アキさんと離れたくない」

耕太郎さんが胸を痛めて後悔の日々を送るように、自分の両親もつらい思いで日々を暮らしているのかもしれない。自分の帰りを待っているのかもしれない。一度顔を見せに帰ったり、無事を知らせるハガキの一枚でも書いたりすれば、少しは安心させることができるのかもしれない。

だけど、そうしようとは思えなかった。

「肩身が狭い暮らしが続くことも、周りに理解されないことも、うしろ指をさされることも、なにもかも覚悟して家を出ました。アキさんが好きだからです。アキさん以外なにもいらないからです。——ごめんなさい」

自分のスニーカーのつま先を見つめたまま、謝るしかできなかった。耕太郎さんを傷つけて、秋緒を消耗させて、正道さんのやさしさを拒んで、自分の胸だって痛くてしかたなくて、だけどどうしても秋緒を離せない。

「ヒロくん」

かさかさとした正道さんの手が、ぽんと広嗣の肩を叩いた。てのひらの体温を伝えるように、ゆっくりと肩を、腕をさすられる。

「大丈夫。謝らなくていい」

「正道さん……」

「ヒロくんもアキちゃんも、なーんにも悪いことなんかしてない。やさしい、いい子だ」

よしよし、と繰り返しあたためるように強く撫でられて、ツンと鼻の奥が痛んだ。

だけど泣いてはいけないと、広嗣はぐっと強く奥歯を噛んだ。

歯科医院を出て、夜道をゆっくりゆっくり歩いて家に帰る。玄関のドアを開けると、黒糖の甘い香りと生姜の香りがした。手鍋の中で生姜と黒糖がくつくつと煮詰められる音に、広嗣はほっと息をつく。

「おかえり、ヒロ」

ただいまと言いながら、秋緒の細い身体を背中から抱きしめる。秋緒はびっくりしたように肩を一瞬竦めて、それからゆるりと身体の力を抜いた。

「こら、危ないよ」

「うん、ごめんなさい」

やさしく叱りながら、秋緒の身体がなめらかに振り返る。あらためて正面から抱きしめると、秋緒の腕も広嗣の背中に回った。守るように抱きしめられて、また鼻の奥がちりちりと痛む。

「アキさん」

「なあに？」

「……俺、アキさんとずっと一緒にいたい」

泣いたらだめだと思うのに、ぐずぐずと子供みたいな涙声になる。秋緒は広嗣を慈しむように撫でて、うんと頷いた。

「ありがとう」

「好きだよアキさん、あいしてる」

「うんヒロ。俺も好きだよ」

宥めるような、許すような、静かできれいな声だった。甘いシロップの香りが充満するこの小さな部屋で、世界が閉じればいいのにと思う。

自分にはなにが秋緒のしあわせなのかわからない。これは秋緒のしあわせじゃないかもしれない。だけど秋緒が好きだと、ばかみたいにそればかり思う。

抱きしめた秋緒の身体がぴったりと自分に添うのが心地いい。強く抱いた身体があたたかくて、せつなくて、なかなか離すことができなかった。


ふたりで相談して、三日間だけ店を閉めることにした。おたがいに、心身ともに休息が必要だと思ったからだ。

旅行に出かけようかとも話したけれど、急には行き先を決められなくて結局自宅で過ごした。広嗣が一日つきっきりで世話を焼いた甲斐《かい》があったのか、秋緒の体調はだいぶ回復して、休みの二日目には久し振りに朝から庭に出て行った。雑草がすごいと言うので、広嗣も草むしりを手伝う。

雑草とハーブの見分けがつかなくて、広嗣がいちいち「これは雑草?」「これも抜いていい?」と訊ねると、秋緒はいつも丁寧に「いいよ」「それはミントだよ、嗅《か》いでみて」と答えてくれる。並んでしゃがんで、肩を触れ合わせていると、ひんやりとした秋風も冷たく感じないから不思議だ。

庭を整えて、昼には秋緒の好きなベーグルを焼いた。半分にスライスしたナッツ入りのベーグルに、スモークサーモンとクリームチーズを挟み、朝から火にかけていたミネストローネと、庭で収穫したルッコラのサラダを添える。秋緒は半分ほどしか食べなかったけれど、目の前で食事をして「おいしい」と言ってくれたので安堵した。

三日間も休みがあると、真ん中の一日は、前日の片付けも翌日の仕込みも必要ないせいかひどく長く感じる。昼ごはんを食べたあと、畳の上で揃って子供のように昼寝をしてしまったくらいだ。

夕方、窓から差し込む夕日が眩しくて目が覚めた。目を擦りながら起き上がると、隣で秋緒が仰向けに眠っている。

「――――」

ぞくっと背筋が寒くなって、広嗣は慌てて秋緒を揺り起こした。加減ができず荒っぽくなった広嗣の手に、秋緒はびくっと大きく身を震わせて目を覚ます。ぱちぱちと目をまたたかせて、広嗣を見て、秋緒はわざと大きな仕種で身を起こした。

「おはよう、ヒロ」

うん、と広嗣はぎくしゃくと頷いた。

眠っている秋緒を見るのは苦手だ。いつも、ジョン・エヴァレット・ミレイの「オフィーリア」を思い出す。

恋人に父を殺され、川に転落して死んでしまった『ハムレット』のヒロイン、オフィーリア。川に浮かぶオフィーリアを描いたミレイの絵は、母が好きで、実家の玄関には複製画が飾られていた。ばら色の頬がうつくしくて、だけど目がうつろで、幼い頃から、きれいだと思うのと同時に怖くも感じていた絵画だった。

広嗣がその絵と秋緒を結びつけて一番はっきりと思い出すのは、秋緒が両親を交通事故で亡くしたあと、心配で数日置きに家を訪ねるようになったある夏の日のことだ。

チャイムを鳴らしても返事がなく、玄関の鍵は開いていて、家の中で電話が鳴っていた。電話はしばらく鳴り続けてから切れて、すぐにまた鳴り出す。急用だろうかと思い、広嗣は玄関を開けて、「ごめんください」と秋緒の部屋がある二階に向けて声を張った。

反応はないし、急かすように電話が鳴り続けていて、広嗣はこそこそとローファーを脱いで家に上がり込んだ。電話は取ろうとした瞬間に鳴り止んでしまい、ふたたび鳴ることはなかった。そのまま帰ることも考えたが、やはり無用心が心配だった。

二階に上がり、秋緒の部屋を覗く。ドアは開いていて、無人だった。留守だろうかと思いながら、一階におりて、キッチンと居間を覗く。ここも無人だ。洗面所にもバスルームにもひとの気配はない。

居間の並びに、もともと彼の両親の部屋だった和室があるのも知っていたので、そこも一応覗いた。そして、ギョッと身を竦ませる。もしかしたら、ヒッと不恰好に息をのむ声を上げたかもしれない。

　がらんとして広い畳の部屋で、喪服の秋緒が仰向けに眠っていた。

　左手は胸の上に乗っていて、右手は肩の横にあった。両手に、白いカーネーションとヒャクニチソウ、青いリンドウを握っていて、うっすらと汗をかいた白い額はまるで溺れたひとのようで、本当に、ぞっとするような、うつくしくて不安になる一枚の絵そのものだった。

　それまでも秋緒は不安定で食事もろくにしていなかったから、両親を亡くしたことがショックでとうとう死んでしまったのかもしれないと、そのときは本当にそう思った。だから横たわる秋緒にしばらくは近づくこともできなかった。こわかったのだ。カナカナと不安をあおるようなひぐらしの鳴き声も、こびりつくように耳に残っている。

　だからいまでも広嗣は、秋緒より先には絶対に起きない。先に目が覚めても、秋緒が起き出すまではじっと眠った振りをする。

　この話をしたことはないが、秋緒も薄々気付いているのだと思う。いつからか、朝はかならず先に起きてくれるようになった。

「たくさん寝ちゃったね」

　秋緒は立ち上がって窓を開け、うーんを大きく伸びをした。そして、畳にあぐらをかく広嗣を振り返ってふふっと笑う。

「ほっぺ、畳のあとついてる」

屈《かが》んだ秋緒に、ちょんと頬をつつかれる。ああ、いつもの秋緒だと思った。はんなりと穏やかで、うっすらさみしげで、やわらかい水のようなひと。

「秋だね」

窓から遠くをみはるかして、秋緒がしみじみと呟いた。

広嗣も、窓の外に目を向ける。遠くの山のなだらかな稜線は、赤と黄と緑が混じり合って、夕焼けの空に輪郭を溶かしていた。遮るもののなにもない自然だけの景色は、とにかく大きくて広い。圧倒されるような光景に、遠くへ来たなあと広嗣は思った。

「夢を見てた。広嗣にはじめて会ったときの」

立ち上がり、秋緒と並んで遠くの景色を眺める。

「春だったよね。桜がきれいで、風が甘かった。だから、起きたら秋だったからちょっとびっくりしちゃった」

広嗣も、あの春のことはよく覚えている。四季を鮮やかに感じるようになったのはあの日からだ。それからはずっと、春も夏も秋も冬も、広嗣が真っ先に思い浮かべる印象的でうつくしい光景にはかならず秋緒がいる。

秋の日はまたたく間に落ちて、山の景色が暗く沈んでゆく。吹き込む風が急に冷たくなって、広嗣は観音開《かんのんびら》きの窓を引いて閉めた。

「なんか、おなか空《す》いちゃった」

はっとして、思わず秋緒を抱きしめた。

「ヒロ、苦しいよ」

「うん……」

夜は秋緒のリクエストで海老《えび》のマカロニグラタンを作った。昼寝のせいかふたりともなかなか眠たくならず、秋緒の身体を気遣いながら久し振りに身体を重ねる。ようすを見ながらこわごわ身を進めたけれど、秋緒が「もっと大丈夫」と招いてくれるのがうれしくて、たまらなくて、最後は少し自分勝手になった。

翌日も、秋緒は朝から庭仕事に精を出した。手伝えることはないと言われたけれど、広嗣も一緒に外に出る。

以前、知里に「ヒロくんはなんか、盲導犬みたいよねえ」と言われたことを思い出す。秋緒を助けよう守ろうと思う広嗣の身構えのようなものが、知里の目には主人に寄り添う盲導犬のように見えるそうだ。そのときはなんとも思わなかったけれど、秋緒のあとを意味もなくくっついて歩くいまの自分は、われながら躾《しつ》けられた犬のようだった。

「……お店のお掃除でもしてたら？」

呆れたようすの秋緒にやんわりと追い払われ、広嗣はしゅんと肩を落として店の裏口の鍵を開けた。丸二日閉め切りだった店は、空気が湿ってよどんでいる。窓を全部開けて、空気を入れ替えながら箒で掃除をした。

いつも店の掃除は秋緒がするので、箒を握るのは久し振りだった。掃除機を使うより箒のほうが楽しいから好きだと言う秋緒の気持ちが少しわかる。

埃《ほこり》を掃き出そうと店の玄関を開けると、ちょうどドアの前に人影があったので、びっくりして広嗣は一歩飛びのいた。

「――耕太郎さん」

広嗣が目をまたたくと、耕太郎さんは眉間《みけん》に皺《しわ》を寄せて「休みだったんだな」と気まずそうに横を向いた。

「あ、いえ、どうぞ入ってください！」

どうして急に、耕太郎さんが訪ねてきてくれたのかはわからない。だけど、招き入れなければと思った。広嗣は慌てて店の明かりをつけて、キッチンに取って返すと裏口を開けて秋緒を呼んだ。慌てふためく広嗣を見て秋緒はおっとりと首を傾げ、奥のソファ席にいつものように腰かける耕太郎さんを見て目を瞠る。

正道さんから聞いた話は、その日のうちに広嗣が秋緒へ伝えた。秋緒は相槌すらほとんど挟まず、耐えるように話を聞いて、最後に深々と息をついた。広嗣がつらかったように、秋緒にも痛い話だったと思う。だから広嗣も秋緒も、耕太郎さんを前に、黙って神妙に俯くしかなかった。

「……校長室に呼び出された悪ガキのようだな」

耕太郎さんが、軽くため息をつきながら口を開いた。存外にやわらかい口調に、隣で秋緒がほっと肩を下ろす。

「秋緒くん」

呼ばれた秋緒が「はい」と緊張気味の声で背筋を伸ばした。秋緒はいつもおっとりと穏やかで、日向《ひなた》みたいな声だから、これは珍しい。

「……おにぎりをもらえないか」

耕太郎さんの意外な言葉に、揃ってまばたきが止まる。さいわい、昼食に向けて朝のうちに自宅の炊飯器にスイッチを入れていた。いまごろちょうど炊けている時間だろう。広嗣が「お米ならあるよ」とささやくと、秋緒はこくりと頷いて、二階へ上がっていった。

「じゃあ俺はスープを作りますね」

手持ち無沙汰になってしまった広嗣もキッチンに立った。

小さめの鍋で湯を沸かして、鶏がらスープの顆粒《かりゅう》を入れる。塩としょうゆで味を調えて、溶き卵を回し入れ、火を止めて乾燥わかめを放り込んだ。むくむくとワカメが戻るのを眺めているところに、秋緒が戻ってくる。自宅でパスタ用に使っている皿に、おにぎりが六つ乗っている。耕太郎さんがひとりで食べるには多い量だ。

「みんなで食べればいいかと思って」

妙なところで大雑把で豪胆な秋緒らしい提案だった。だけど広嗣は、秋緒が食事をするというのならなんでもいい。スープマグを三つ用意して、即席のわかめスープをよそい、白ごまを振ってトレーに乗せた。

広嗣と秋緒がテーブルにつくと、さすがに耕太郎さんも驚いた顔をしたが、咎《とが》められることはなかった。三人で「いただきます」と手を合わせて、はやめの昼食になる。

秋緒のおにぎりは相変わらず、正道さんと耕太郎さんが惚《ほ》れ込むのもわかる、絶妙な塩加減だった。それに、しっかりまとまっているのに、かじるとほろほろとやさしくくずれる食べ心地も広嗣には真似《まね》できない。母に教わっただけで特別なことはしていないと言うから、秋緒の母親はとにかく料理がうまかったのだろう。

「いい塩梅《あんばい》だ」

耕太郎さんも、おにぎりを短く褒めた。「ありがとうございます」と秋緒がはにかむ。

食後には秋緒が日本茶をいれた。ぬるめの緑茶をひと口飲んで、耕太郎さんがすっと視線を上げる。順繰りに見つめられ、広嗣は緊張して背筋を正した。まるで入試の面接試験のようだ。

「おまえたちは、――どうして駆け落ちなんかしたんだ」

店に耕太郎さんを招き入れたときから、それを訊ねられるような気がしていた。けれどやっぱり、実際に正面から問われると、なにからどう話すべきか迷ってしまう。悲劇の主人公のように話して同情を引きたいわけじゃない。だけど後悔はしていないから、自分たちが悪かったとも言えない。

迷う広嗣の隣で、秋緒がひとつ深呼吸をした。

「――少し、長い話になります。聞いてもらえますか」

6　二〇〇六　夏　秋緒

高速道路での、玉突き事故だった。深夜に近い時間だったこともあり、秋緒《あきお》の父が運転するコンパクトカーは、前後の大型トラックに潰される形だったという。

最近、両親はよく温泉に出かけていた。ゆっくりと二泊や三泊することもあれば、朝から車で出かけて日帰りをすることもある。何事にも凝《こ》り性《しょう》な両親らしい熱心さに、秋緒は呆《あき》れながらいつもふたりを送り出していた。

その日も、朝七時頃に玄関で、「あまり遅くならずに帰ってくるからな」「ごはんちゃんと食べるのよ」と言う両親に笑って手を振ったのを覚えている。けれど両親はその晩、二度と帰らぬ人となった。

母ははやくに両親を病気で亡くしていて、父の両親も、数年前に立て続けに亡くなっている。親戚《しんせき》と呼べるのは、一番近くて父の弟。それから、母の叔母《おば》と従兄弟《いとこ》くらいのものだった。父の弟は昔からいわゆる風来坊《ふうらいぼう》で、いまどこでなにをしているのかもわからない。母の叔母はアメリカ人男性と結婚して、現在は家族でハワイに住んでいる。

大叔母《おおおば》家族は連絡をするとすぐに来ると言ってくれたが、諸々《もろもろ》の手続きは秋緒がするしかなかった。さいわい、大学教授をしていた父の同僚や教え子たちが助けてくれたので、困ることは少なかった。

とはいえ、実際になにをしたのかはほとんど覚えていない。ときに早送りのように、ときにスローモーションのように時間が流れ、気がついたら骨覆《こつおおい》をかぶせたふたつの桐箱と一緒に自宅にいた。

保険や相続に関する手続きは、ほとんど大叔母がしてくれたようだった。大叔母は一緒にハワイで暮らそうと何度も言ってくれたが、秋緒は首を横に振り続けた。大叔母の手を拒めばひとりぼっちになることはわかっていたが、ハワイなんて明るく陽気なイメージの土地で暮らす自分はとても想像もできなかった。

初七日《しょなのか》を終えて大叔母家族がハワイに帰ってからの数日間は、すっぽりと記憶が抜け落ちている。当時のことで秋緒がはっきりと思い出せる最初のシーンは、ある日の夕方、家のチャイムが鳴って応対に出たときのことだ。

玄関を開けると、夏の制服を着た男子高校生が立っていた。

ジワジワと蟬《せみ》の声が響く。彼の顎《あご》から汗が一粒ぽたりと落ちて、埃《ほこり》っぽい地面に濃い染みを作った。汗をかいて、だけど彼は几帳面《きちょうめん》に、白いシャツのボタンを喉《のど》まで閉めて、折り目正しくネクタイを結んでいた。

正直、最初は誰だかわからなかった。不躾《ぶしつけ》にじっと見上げているうちに、徐々に記憶がよみがえる。

高校を卒業してから一度も会っていない、ひとつ下の後輩だった。在学中も、廊下ですれ違えば挨拶を交わしたり、通学の電車が一緒になれば話をする程度で、それほど縁が深いわけではなかったはずだ。

はじめて会ったときに体調が悪かった秋緒を送ってくれたから、家を知っていることには驚かない。けれど、彼が訪ねてくる理由はひとつも思いつかなかった。こんなときになにをしに来たのだろうと、純粋に首を傾《かし》げる。

ええと、と困った秋緒に、広嗣《ひろつぐ》はぺこりと頭を下げて「お久し振りです、瀬名《せな》です」と生真面目《きまじめ》に名乗った。名前を忘れていたわけではない。やわらかい癖っ毛と澄んだ茶色の目が印象的で、やさしく整った顔立ちに反して、はじめて会ったときは、張り詰めて気難しげな表情をしていた。

「うん、久し振り。どうしたの？　なにか用事かな」

訊《たず》ねると、広嗣は困ったように目を泳がせる。自分でも、どうして来たのかわからないというような仕種《しぐさ》だった。

「先輩の、」

思い切るように顔を上げて、広嗣が言った。

「ご両親が」

人づてに、秋緒の両親が亡くなったことを聞いたのだろう。それでわざわざ、焼香に来てくれたのだろうか。医者を目指しているようだったから、人の生き死にには敏感なのかもしれない。真面目な子なんだなと秋緒は思い、礼を言って彼を家に上げた。

居間の隣の、両親の部屋だった和室に広嗣を通した。もともと仏壇があり、いまはその横に父が使っていた文机《ふづくえ》を並べて、両親の遺骨と位牌《いはい》を置いている。秋緒が出した座布団《ざぶとん》を広嗣は断り、畳へ直《じか》に正座して仏壇に手を合わせた。

それだけで帰すのも気が引けて、秋緒は広嗣をお茶に誘った。台所で湯を沸かして、戸棚にしまってあった紅茶を開封して淹《い》れる。お茶請けになるようなものがあればと思ったが、しけった煎餅《せんべい》しか見つからなかった。

ダイニングテーブルで、向かい合って熱い紅茶をすする。

「いい香りですね」

広嗣がティーカップに鼻を近づけて、すうっと深く息をした。そうだろうかと秋緒も匂いを嗅《か》いだが、よくわからない。曖昧《あいまい》に首をひねると、広嗣はどこか不審がるような目になって、じっと秋緒を見つめた。

「平坂《ひらさか》先輩、――ちゃんと、食事してますか」

大丈夫だよ、と秋緒は答えたが、本当は、最後に食事をしたのがいつなのか覚えていなかった。まったくなにも口に入れていないということはない。水も飲んでるし、冷蔵庫にあるなにかを食べたような記憶もある。ただそれがいつで、なにを食べたのかはぼんやりとして思い出せない。

だけどそんなことは、わざわざ親しくもない後輩に申告することでもないと思った。広嗣もそれ以上訊ねてくることはなく、お茶を飲み終えると「お邪魔しました」と言って帰っていった。

ただ、広嗣は翌日も、夕方の学校帰りに制服姿であらわれた。

秋緒は戸惑いながらも、訪ねて来た後輩を無下にすることはできず、前日と同じように広嗣を迎え入れた。広嗣も昨日と同じに、和室で仏壇に手を合わせ、秋緒の淹れたお茶を飲む。

「ごはん、食べてますか」とまた訊《き》かれ、秋緒もまた「大丈夫」と頷《うなず》いた。

「もうすぐ夏休みだね」

「そうですね」

「瀬名くんは受験生だよね。やっぱり夏休みは忙しいの？」

「一応、予備校と学校の夏期講習があるので」

医学部を目指す彼ほどではないが、自分も一年前は大学受験に向けてそれなりに勉強をしていたなあと懐かしく思い出す。秋緒は夢があるわけでもなく、これといった得意科目もなく、なんとなくで経済学部に進学したが、そういえば今後、大学はどうしようかとふと思った。

私大だからお金はかかるし、両親が遺《のこ》してくれた財産を削ってまで通う意味はない気がした。詳しくはわからないが、この家を維持するのにだって金がかかり続けるはずだ。大学は辞めて働くべきかと思うと、急にどっと疲れて気が塞《ふさ》ぐ。

他にだって考えなければならないことも、やらなければいけないこともたくさんある。わからないことを誰かに訊くことはできても、決断はみんな自分がしなければいけないのだと思うと、ずしりと身体が重くなった。

秋緒が陰鬱《いんうつ》にため息をつくと、広嗣ははっと身体《からだ》を揺らして「帰ります」と腰《こし》を上げた。彼を邪魔に思ってついたため息ではなかったが、訂正して引きとめる言葉もなくて、秋緒は「うん」と頷いた。肩を落として帰っていく広嗣を玄関で見送って、こんな対応では彼ももう来ることはないだろうと思う。

けれど広嗣は翌日もやってきた。

「平坂先輩」

ちょっとすみません、と言って、広嗣は秋緒の頬《ほお》をつまんで、親指で質感をたしかめるように肌《はだ》を撫《な》でた。それから、手を取ってじっくりと爪《つめ》を眺められる。そして最後に、腰のあたりをじっと見下ろされた。

「瀬名くん、なに？」

「本当に、食事してますか？」

「……大丈夫だよ」

秋緒の答えに広嗣は悔しそうに俯《うつむ》いて「お邪魔します」と玄関で靴を脱いだ。無遠慮にどんどん上がり込まれ、秋緒は困惑しながら広嗣のあとを追いかける。

広嗣はまっすぐ台所に入り、流しの排水溝をためらいなく覗《のぞ》いた。それから、すぐ脇にあるゴミ箱の中もあらためられる。よその家のゴミを見るのなんて非常識で、秋緒は「瀬名くん」と咎《とが》める声を出した。

「やっぱり、食べてないですよね」

けれど、広嗣もまた、非難めいた声でそう言った。嘘《うそ》を暴くはっきりした声に、秋緒は反論の武器を持っていなくて、ぎゅっとこぶしを握る。どんな簡単なものを食べたって、ゴミはかならず出る。広嗣は一昨日《おととい》からずっと秋緒が食事をしたかどうかを気にしていた。だけど秋緒が「大丈夫」としか言わないから、強硬手段に出たのだろう。

「コンビニで買ってきました。食べてください」

がさ、とビニールの袋を突き出されて、秋緒は反射的に眉《まゆ》をひそめた。けれど広嗣はお構いなしに、ダイニングテーブルへ袋の中身を出して並べていく。

おにぎり、サンドイッチ、カレー、パスタ、蕎麦《そば》、シュークリーム、ヨーグルト、ポテトチップ、チョコレート。

とにかく手当たり次第に買ったのだろうことが窺《うかが》える種類の多さに、秋緒はますます顔をしかめた。見ただけで圧倒されて気が滅入《めい》る。

「瀬名くん、せっかくだけど、」

「食べてください」

秋緒の拒否を前に、広嗣は一歩も引かなかった。あげく「食べるのを見るまで帰りません」とまで言われて、秋緒は渋々ダイニングテーブルについた。さんざん指を迷わせてから、ハムとたまごのサンドイッチの封を切る。

端からゆっくりかじって、苦心しながら飲み込む。味はまるでしなかった。ゴムや紙を食べているような不快感ばかりがある。

広嗣の視線を感じながら一切れを食べ終えたところで、唐突に、グッと胃が弾むような嘔《おう》吐《と》感《かん》がこみ上げた。秋緒は立ち上がり、トイレに飛び込む。先輩、と広嗣が焦ったように追ってきて、嘔吐する秋緒の背中をさすった。

苦い胃液まで吐いて、秋緒はぐったりとトイレの床に崩れかける。抱きとめてくれた広嗣を押し返そうとした手が、冷たく痺《しび》れてうまく動かない。

「先輩、しっかりしてください、平坂先輩……っ」

胸深くに、大切に守るようにぎゅっと抱きしめられて、身体から力が抜ける。焦りきる広嗣の大きな呼吸に合わせて身体がゆるく上下するのにくらくらと目眩《めまい》がした。だけど、伝わる体温が心地いい。

ゆりかごみたいだと思って、秋緒はそのまま目を閉じた。

手放した意識が戻ったのは、近くで低く交わされる会話が聞こえたせいだった。

「まったく、栄養失調の人間にいきなりコンビニで買ったものなんか食べさせたら、吐くに決まってるだろう」

「……ごめんなさい」

「ただでさえ弱ってるのに嘔吐でさらに体力を使わせて、可哀相《かわいそう》に。病人を痛めつけてどうするんだ」

「そんなつもりはなかった」

「おまえのつもりの話はしてない」

「……すみませんでした」

責める誰かの声と、謝る広嗣の声だった。秋緒は慌てて身を起こし、自分の腕から伸びる点滴の管に驚く。

「先輩！」

見慣れた自分の家の和室だった。押入れにしまってあったはずの両親の布団が出ていて、秋緒はそこに寝かされていた。枕元にスチールの点滴スタンドがあって、ぽたりぽたりと薬液が落ちている。布団の横に膝《ひざ》をついた広嗣のうしろには、白衣を着た中年男性がいた。

「俺の父です。往診に呼びました」

挨拶をしなければと起き上がろうとした身体を広嗣に押しとどめられる。広嗣の父も「そのままでいいですよ」と秋緒の枕元に腰をおろした。

「軽い栄養失調ですね。広嗣が無理に食事をさせたようで申し訳なかった」

「いえそんな、こちらこそ、すみませんでした。ありがとうございます。瀬名くんも、ありがとう、ごめんね」

ふる、と広嗣が頭を振る。唇《くちびる》をきつく結んで、小さな男の子のようだった。

広嗣の父が、壁際の仏壇と、真新しい遺骨の桐箱を見遣《みや》る。広嗣からだいたいの話は聞いているのだろう。家族のことも食生活のこともなにも訊かれなかった。

点滴が終わると、「私はこれでお暇《いとま》します」と広嗣の父が腰を上げる。「おまえも」と促され、広嗣も不承不承《ふしょうぶしょう》のようすで立ち上がった。

「先輩」

秋緒が布団の中から見上げると、広嗣は泣き出しそうな、縋《すが》るような目で秋緒を見て、きゅっと顔を歪《ゆが》めた。

「ごめんなさい。でも、明日も来ていいですか」

大丈夫だと、やさしく撫でてやりたいような気持ちがこみ上げる。秋緒が「ありがとう」と言うと、広嗣はほっと息をつく。

明日の広嗣が、ためらいがちにチャイムを鳴らすところが想像できて、秋緒はちょっとだけ笑った。翌日のことを考えられたのも、笑えたのも、ずいぶんと久し振りのことだった。

それから広嗣は、熱心に秋緒のもとに通ってくるようになった。

夏休みは三日にあげず訪ねて来て、秋緒の家の台所に立った。最初はレトルトの白米でおかゆを作ったり、冷凍うどんを茹《ゆ》でてくれたりする程度だったが、いつからか包丁を握るようになり、台所にいる時間が長くなっていった。

秋緒はそもそも食が細いうえに夏バテ気味で、八月に入っても体調はなかなか戻らなかった。広嗣が作ってくれたものをまだ一度も完食できていない。残してしまうのが申し訳なくて、秋緒は何度も「もういいよ」と言ったけれど、広嗣は頑固で、訪ねてくるのをやめなかった。

最初は不器用さが目立った広嗣の料理は、日に日に洗練されて整っていった。味はいまだによくわからないが、見た目がきれいだ。リゾットやグラタンなどのやわらかいものや、バニラアイスを添えた焼きりんごや白玉あんみつなどの甘いものと、工夫を凝らしてくれているのもよくわかる。

ありがたくて、食べようと思うし食べたいと思う。けれど身体がついてこなくて二口か三口ほどで箸《はし》を置いてしまうのが常だった。病人でもないのに情けないけれど、どうしても食欲は湧かない。

それでも広嗣はあきらめなかった。秋緒が一番びっくりしたのは、「今日は予備校が休みだから」と言って丸鶏を持ってやってきた広嗣が、悪戦苦闘しながらサムゲタンを作ってくれた日のことだ。

「サムゲタンって暑気払いの料理なんだそうです」と鶏の腹にもち米や栗を詰めながら広嗣は言って、秋緒は圧倒されながら「そうなんだ、知らなかった」と頷いた。

大きな鍋で、手足のついた鶏肉がぐつぐつと煮られる。広嗣はダイニングテーブルで黙々と勉強をしながら、たびたび立ち上がっては灰汁《あく》を取ったり水を足したりして数時間を過ごした。夏の盛りで、鍋の前に立つたびに広嗣はびっしょり汗をかいていた。秋緒はぼんやりとそれを眺めながら、丁寧な仕事だなと思う。そして、家の台所に広嗣がいる景色はいいなとも思った。

広嗣の力作のサムゲタンも、結局秋緒は少ししか食べられなかった。まず見た目のボリュームとインパクトでだいぶ満腹な気分になってしまったのだ。だけど、やさしい味がして、お腹《なか》がほこほことあたたまって、その夜ぐっすりと眠れたことははっきり覚えている。

九月に入ってすぐに、両親の四十九日の法要があった。久し振りに喪服に袖《そで》を通す。骨壺《こつつぼ》を入れた桐箱はひとかかえほどあり、ふたつ持って電車に乗るのはとても無理だ。秋緒はタクシーを呼んで、一時間ほどかけて菩提寺《ぼだいじ》に向かう。葬式に来てくれた大叔母や両親の知人を呼ぶべきだろうかと考えはしたが、葬式のときの気疲れを思い出すと気が進まなかった。

寺の住職に経を上げてもらい、納骨を済ませる。墓石がひしめき合う迷路のような墓地の中で、秋緒が上げた線香の煙だけが、ひゅるひゅると揺れながら空にのぼってゆく。この先は、この墓も自分が守っていかなければいけないんだなあと思った。

帰りは、二時間ほど電車に揺られた。ちょっとした旅をしたような感覚があって、家の最寄り駅に着くと、懐かしいような気分になる。仏壇用の花を買って帰宅して、洗面所で手を洗い、自然に両親の部屋へ足を向けた。

ふすまを開けて、あるはずのものがない、がらんとした光景にひやりとする。

そうだ、両親の遺骨は、今日自分が抱えて寺に行き、墓に納めてきたのだった。

身体から力が抜けて、秋緒はよろりと部屋に足を踏み入れると、その場にぺたんと座り込んでしまった。そのまま、肩から崩れるように畳へ倒れ込む。

身体にぽっかりと穴が空いたような、という表現はよくあるが、自分はまるで、輪郭だけを残して中身がごっそり抜け落ちたようだった。父の分と母の分だから、相応の喪失だと思う。輪郭だけで、この先自分はどうやって生きていけばいいんだろう。自分が軽くなって、ふわふわと宙を漂っているような感覚に、秋緒はたまらず目を閉じた。

自分と両親を繋《つな》いでいた糸が、ぷちんぷちんと千切れる音が聞こえる気がする。閉じたまぶたの裏に、ゆらりと浮かび上がる熱気球が浮かんだ。あれは飛び立ったあと、いったいど

うやって着地をするんだろう。舵《かじ》だって、どうやって取るのか。

つらつらと考えているうちに眠り込んでしまったらしい。乱暴に揺すられ、秋緒は心臓を弾ませて目を覚ました。間近に、広嗣の蒼白《そうはく》な顔があってぎくりとする。

「瀬名くん」

「――よかった」

広嗣が震える息を吐いた。気が抜けたように、どさりと畳に腰をおろす。秋緒が死んでいると思ったみたいな、そういう大きな動揺だった。

「ごめんね」

「俺こそ、……起こしてごめんなさい」

窓の外を見ると、空がうっすらとピンク色になりかけていた。三十分ほど眠ったらしい。目の奥がじわりと痛くて頭が重い。秋緒はのろのろと起き上がり、自分がびっしょりと汗をかいていることに気付いた。残暑が厳しい中、夏の生地でもないスーツを着ていたのだから当たり前だが、そういえば、今日一日、暑いなんて少しも感じなかったなあと思う。

ジャケットを脱いでシャツの腕をまくっていると、広嗣が遠慮がちに「大丈夫ですか」と訊ねた。

夏休みが終わり二学期がはじまっても、広嗣は頻繁に秋緒の家に立ち寄ってくれていた。学校帰りにスーパーの袋を持ってやってきて、夕飯を作って一緒に食べたり、休みの日には昼食を作ってここから予備校に向かうこともある。受験生の大切な時期に、心配ばかりかけていると思うと申し訳なかった。

「──先輩、俺今日は、パンを焼こうと思うんです」

しばらく揃《そろ》って沈黙したあと、広嗣は気を取り直したように、はっきりとした声でそう言った。

「……パン？」

「このあいだ台所で、まだ使ってない小麦粉を見つけて、先輩のお母さんにいただいたパンのこと思い出したんです。たしかあのとき、天然酵母を使ってるって言ってましたよね。それで、図書館で本を借りて、俺もりんごから酵母を起こしてみたんです」

広嗣がスクールバッグから取り出したのは、白い糊《のり》のようなものが入った透明な瓶だった。そういえば、家の冷蔵庫にはいつもこんなようなものが入っていた気がする。

「よかったら、今日は先輩も一緒に作りませんか」

パンを作ったり食べたりしたいとはとても思えなかったけれど、ひどく心配をかけたばかりで、拒むのも気が引けた。秋緒は頷いて、はじめて広嗣と並んで台所に立った。

ひと月と少しのあいだに、広嗣は秋緒よりずっとこの家の台所に詳しくなっていた。シンクの下に眠っていた小麦粉を出して、砂糖、塩、バター、水、それから持参したりんご酵母を混ぜて捏《こ》ねはじめる。

「先輩も」

生地を半分渡され、秋緒もおずおずと手をつけた。最初はべたべたと手につくばかりだった生地が、持ち上げて捏ねていくうちにだんだんまとまってくる。ひんやりと吸いつくようなパン生地の手触りに、なんだか心がほぐれるようだった。

捏ねた生地をまとめてボウルに入れ、広嗣が秋緒を振り返る。

「ここで一次発酵です」

「どのくらいかかるの？」

「短くて八時間くらいらしいです。一日置いても大丈夫みたいですけど、夏だし、明日は土曜日だから、お昼くらいにまた来ます」

そんなにかかるなんて知らなかった。捏ねたらすぐに焼くのだと思っていたので、なんだか拍子抜けしてしまう。ボールの底にうずくまるパン生地を眺めながら、秋緒は広嗣に「泊まっていったら？」と言った。広嗣が「へっ」と目を瞠《みは》る。

「明日焼くんでしょう？」

「そう、ですけど」

広嗣はそろそろと目を泳がせて、窺うように秋緒を見た。それから、ひとつ深呼吸をして、

「じゃあお世話になります」と緊張気味に笑う。

夜は広嗣が素麺《そうめん》を茹でてくれた。氷水にたゆたう素麺は涼しげで、いつもより量を食べられた。後片付けをして、順番に風呂《ふろ》を使う。

最近はずっと二階の自室は使っておらず、秋緒は一階の和室に布団を敷いて寝ていた。その部屋に布団を二組敷いて、並んで寝ることにする。

秋緒が隙間《すきま》なく並べた布団を見下ろして、広嗣はなぜかそわそわと落ち着かなげにした。

「瀬名くん？」

秋緒が首を傾げると、広嗣ははっと肩を揺らして、気まずそうに目を逸《そ》らす。

「……すみません。その、俺、あんまりひとところやって一緒に寝たことってなくて」

「布団、もうちょっと離す？」

「えっ、いえ、大丈夫です。……先輩が、いいなら」

秋緒は中学高校と弓道部に所属していたので、雑魚寝《ざこね》には慣れていた。合宿では大部屋に布団をぎゅうぎゅうに敷き詰めるのが常だったので、朝起きると隣の部員の頭が腹に乗っていたり、目の前にかちかちの踵《かかと》があったりするのもしょっちゅうだった。そう話すと、広嗣が意外そうに目を瞠る。

「俺は図太いほうみたいだよ。他人のいびきとか歯軋《はぎし》りとかで、眠れなかったり目が覚めたりすることはなかったな」

「俺、平坂先輩は、布団の下にエンドウ豆が一粒あるだけで眠れないようなひとかと思ってました」

「そんなお姫さまみたいに繊細じゃないよ」

秋緒が苦笑すると、広嗣もほっとしたように頬をゆるませた。軽妙な会話にするために、広嗣はたぶん、わざと大袈裟《おおげさ》に言ったのだろう。そういう広嗣の気遣いがうれしかった。

そして、うれしいなんて久し振りに感じたことに気付く。

ありがたいとか申し訳ないとか、そういう気持ちはあった。けれどそれは雪のように降り重なり、つもって、かたまって、ずっしりと自分にのしかかってくるものだった。

だけどうれしいと思うのは負担じゃない。呼吸が少し軽くなって、秋緒はじっと広嗣を見つめた。

「先輩？」

甘く澄んだ、きれいな茶色の目が秋緒を見返す。「ううん」と秋緒は首を振り、広嗣を布団に促して部屋の電気を消した。

「瀬名くん」

暗がりで広嗣を呼んだ。「はい」とささやくような声が返ってくる。

「――ありがとう」

口にすると、また少し呼吸が易《やす》くなる。身体はやっぱりなにも持っていないみたいに軽くて、ふわふわと覚束《おぼつか》なかったけれど、糸の切れたようなどうしようもない心許《こころもと》なさはもうない。きっと、隣に広嗣がいるせいだと思った。

翌朝起きると、パン生地は捏ねたときの三倍くらいの嵩《かさ》になっていたので驚く。ボウルからはみ出しそうなほど膨らんだ生地は、つやつやと輝いて、なんだか誇らしげにしているように見えた。昼まで待って空気を抜き、等分して手の中で転がし丸く成形する。さらに二次発酵をさせ、あたためたオーブンに入れた。

五分ほどで、パンの焼ける甘くてこうばしい香りが漂ってくる。焼けるまでに十五分。そんな短いあいだにも、広嗣はオーブンの前で単語帳をめくった。

紅茶を淹れて、皿に盛った丸いパンをテーブルに置いて向かい合う。

「いただきます」と手を合わせ、淡いきつね色を手に取った。半分に割ると、ほかほかとやさしい湯気が立つ。

「――――」

ひと口食べると、すぐに甘い香りがいっぱいに広がった。もっちりとやわらかい食感を噛《か》みしめるたびに、口の中に春の日差しが広がるみたいだ。

「――先輩の、お母さんの味ですね」

広嗣の声に、ジンと鼻の奥が痺れるように痛む。

「うん。……おいしい」

そうだ、母の味だ。当たり前に日常の中にあった味だった。こんなにおいしかったなんて知らなかった。

春風を食べてるみたいだと、広嗣はむかしそう言った。やさしくて素直で、気持ちのいい表現だなと、広嗣のことを好ましく感じたことを思い出す。

もうひと口、噛みしめる。

春みたいな、芽吹きみたいなひと口に胸を揺すぶられる。

目の前がゆらんとぼやけて、テーブルの上に涙が落ちた。驚いてまばたきをすると、はたはたと今度は立て続けに大きな雫《しずく》が落ちる。呼吸をすると、ズッと鼻が湿った音を立てた。そしてまた、ぼたぼた涙がこぼれる。次の呼吸は嗚咽《おえつ》になった。

思えば、両親が亡くなってから、泣くのはこれがはじめてだった。あまりにめまぐるしくて、呆然《ぼうぜん》としてしまって、空っぽだったのだと思う。

泣きじゃくる秋緒の前で、広嗣はじっと黙ったままでいた。なにも言わず、ただそこにいてくれる。泣き疲れた秋緒がなかば意識を失うように寝入ってしまっても、ずっとそばにいてくれたようだった。

目を覚ましたのは真夜中だった。いつかのように和室の布団に寝かされていて、隣の布団には広嗣が眠っていた。布団の端で、寄り添うようにこちらを向いて、秋緒の手をしっかりと握っている。

たしかめるように握り返した手がしっとりと汗ばんでいて、ああ、自分はここにいるんだなあと思った。ここにいて、こうして、広嗣とてのひらで繋がっている。

もう涙なんか少しも残っていないくらいに泣いたのに、じわ、とまた目が潤む。

広嗣に、「好きです」と言われたのは、翌日のことだった。


「平坂先輩、ハガキ来てましたよ」

それから二年半が経ち、秋緒は二十一歳になった。大学は結局辞め、いまは小さな家具屋で接客と経理の仕事をしている。広嗣は私大の医学部の二年生だ。

医学部といえば他の学部よりずっと忙しいイメージを秋緒は持っているが、二年生はまだそれほどではないと本人は言って、学校帰りや休みの日には変わらず秋緒を訪ねてくる。仕事をしている秋緒の帰りが遅い日もあるので、今年の春からは合鍵を持ってもらった。

「ハガキ?」

仏壇のある和室に置いたこたつにあたっていた秋緒は、天板にひらりと乗ったハガキに目を落とした。広嗣が、雨粒のついたコートを脱いでハンガーにかけながら「誰からですか?」と訊ねる。

「――叔父《おじ》だ」

びっくりしながら答える。なんの装飾もないシンプルな官製ハガキには、「帰国して店をはじめた。近くに来る用事があったら寄ってください。平坂彼方《かなた》」と、癖の強い右肩上がりの文字で書かれていた。

「叔父さんって、先輩のお父さんの弟さんでしたっけ」

「うん、そう」

「海外にいたんですね」

「そうみたいだね」

秋緒も叔父には小さいころ数度会ったきりだ。もしゃもしゃと髭《ひげ》が生えていたような気がするという程度にしか記憶には残っていない。あちこちを旅しながら、写真を撮ったり文章を書いたりして生計を立てているようで、父はいい意味で弟のことをあまり心配していないようだった。

「先輩のご両親のこと、叔父さんはご存知なんですか？」

「ううん。居場所がわからなかったから知らせてない」

「だったら、返事書いたほうがいいですね。俺、コンビニでハガキ買ってきましょうか」

こたつに入りかけた広嗣が立ち上がろうとするので、秋緒は「いいよ」と止めた。

「明日にでも自分でするから大丈夫。寒かったでしょう？　おこた入りなよ」

昼ごろから冷たい雨が降り出していて、夜からは雪になる予報だった。広嗣はいつも、雪とか台風とか、天気の荒れそうなときにはかならず心配して秋緒のもとを訪ねてくれる。

素直にこたつに入った広嗣の真っ赤な鼻の頭を見ながら、秋緒は少し目を細めた。

「平坂先輩?」

じっと見つめる秋緒に、広嗣がきょとんと首を傾げる。

「ねえ、あのね」

「はい?」

「……名前を、呼んでくれないかなあ?」

は、と広嗣が目を瞠った。

「平坂先輩って、他人行儀で、前から気になってたんだ」

夏におこなった両親の三回忌《き》には、広嗣が一緒に来てくれた。ひとりで菩提寺に行くつもりだった秋緒に、遠慮がちに「一緒に行ってもいいですか」と言ったのは広嗣のほうだったが、秋緒も、広嗣が来てくれたらいいなと思っていた。二年経って、自分が両親に見せられるものがあるとしたら、それは広嗣の存在だけだと思ったからだった。

「だめかな?」

「いや、ええと、」

「そうか、俺も呼びかた変えようかな。広嗣くん、ヒロくん、広嗣、——ヒロ。うん、ヒロ。これがいいな」

「でも、先輩」

秋緒が首を傾げると、広嗣はぐっと顔を歪めた。なにかを我慢するような、どこかを痛がるような表情は、せつなげで、ほんの少しの色気があってどきりとさせられる。

「だめだ、俺、勘違しそうになる……」

「勘違い？」

だって、と広嗣の口の中で言葉がもたつく。秋緒は、こたつの天板に肘《ひじ》をついて前へ乗り出した。広嗣は近くに迫った秋緒の目を一瞬だけ見返して、それから、苦しがるように視線を逸らす。

「……俺は、先輩のこと、好きだから。先輩はきっと、」

「俺も好きだよ？」

広嗣がなにを言おうとしたのか最後まで聞ききらずに、秋緒は被《かぶ》せてそう告げた。

「――え？」

「あれ？　知ってくれてたよね？」

「え？　知らな、か……っ？　なにを？」

広嗣がばちばちと盛んに目をしばたたく。目の前でフラッシュを焚《た》かれたみたいな反応に、秋緒は眉をひそめた。

「俺も、ヒロのことが好きだよ」

「えっ」と、広嗣が絶句する。

「――いつ、から」

「いつだろう。でもずっと前だよ」

「ずっと、って、……え？　ずっと？」

「はじめて好きだって言われたときはびっくりしたけど、そのときからもう、俺は付き合ってるつもりだったよ？」

「えっ」

「だってそうじゃなきゃ、合鍵を渡したり親の三回忌に一緒に来てもらったりなんて……」

茫然自失《ぼうぜんじしつ》の広嗣を見て、秋緒は途中で口を噤《つぐ》んだ。

秋緒だって、これまで一度もおかしいと思わなかったわけじゃない。二年半前に好きだと言ってくれた以降、広嗣は同じことを二度と言わなかった。触れるようなことも一度もなかった。だけど、秋緒の気持ちを訊こうともしなかったので、なんとなく、伝わっているんじゃないかと思ってしまっていたのだ。

だって広嗣のなかで、はっきりと秋緒は特別だった。親身で、一心で、やさしかった。自分のことを、恋人として扱ってくれているのだと秋緒はずっと思っていたのだ。

だけどなにも伝わっていなかったのなら、勘違いしていたのは秋緒のほうだ。勝手な思い込みで、広嗣のやさしさに甘えきっていた。そう気付くと、急激な羞恥《しゅうち》がこみ上げた。

「――ごめん、俺、てっきり、」

こんな恥ずかしい思いをするのは生まれてはじめてかもしれない。秋緒が膝でぎゅっとこぶしを握ると、広嗣があたふたと腰を上げた。

「先輩、俺こそ、なんか、すみません」

這《は》うようにして隣にやってきた広嗣が、宥《なだ》めるように秋緒の震えるこぶしを撫でる。目を上げると、間近に広嗣の明るい瞳があった。黒目の比率が高くて、だから背も高くて男らしく整った顔立ちなのに、どこか幼くてかわいいような印象になるんだと、いまさらになってわかる。

見つめる秋緒の視線に、広嗣の喉仏が小さく動いた。

「あの、じゃあ俺、もしかして、……先輩に触ってもいいんですか？」

そろりと頬に指先が触れる。広嗣が触れた場所が感電したみたいにぴりっとして、秋緒は思わず肩を竦《すく》めた。はっと、広嗣が手を引こうとする。

「――いいよ」

秋緒は咄嗟《とっさ》に自分の手を伸ばして、広嗣の指を引きとめた。「さわって」と言うと、広嗣の喉が今度はゴクリとはっきり音を立てる。

心臓の音がどんどんはやくなる。秋緒はたまらず震えるまぶたを閉じた。少しの間があって、そろそろと広嗣の唇が秋緒に重なった。

「――」

触れるだけのキスを何度も繰り返して、お互いにゆっくりと口を開いていく。舌を覗かせたのは自分のほうが先だったかもしれない。熱い舌が絡んだ瞬間、ジンとこめかみが痛んで背中がしなった。

「先輩、……好きです」

キスをしながら、反った背中をきつく抱きしめられる。

広嗣に好きだと言われるのは二度目だった。夢心地になって、自分の全部の毛穴から広嗣に向かって矢印が出るように感じる。引力みたいだ。

「なまえ、は？」

どさりと畳に倒されて、秋緒は広嗣の腕に手を添わせながら吐息でささやいた。

「呼んでくれないの？」

広嗣は秋緒の目元に鼻先をすり寄せて、恥ずかしそうにはにかんだ。口をむずむずさせながら頬を染めるのが小さい男の子みたいで、胸がきゅんと弾む。かわいくて、ちょっと意地悪をしたいような気分になって、秋緒が「ヒロ？」と急《せ》かすと、広嗣は焦ったようにけふんと咳払《せきばら》いをした。

「ええと、じゃあ、その、――秋緒、さん」

「うん。――もう一回」

「秋緒さん。……アキさん」

ふかふかと、胸に大きな花が咲いていくようだ。吐息も花の蜜《みつ》みたいに甘くなる。

二年前から、秋緒のことを日常的に名前で呼ぶひとはいなくなった。それはさびしいことだったけれど、だからといって、誰でもいいから名前を呼んでほしいわけじゃない。

秋緒のほしいものがわかるみたいに、広嗣が「アキさん」とそればかり繰り返す。胸がぎゅうとせつなくて、自分の輪郭がはっきりとわかる。呼ばれるたびに、自分からこぼれ落ちて欠けたものが戻ってくるようだった。

その夜は、広嗣と、たどたどしく身体を重ねた。

ずっと眠っているようだった身体を、広嗣の手で目覚めさせられる感覚はすごかった。肌をなぞられただけでも、過剰に身体が反応する。

「なんか、俺ばっかりが、すごくヒロをほしいみたい……」

秋緒が息を乱しながら訴えると、広嗣は「そんなこと」と首を振って、逸《はや》る身体を秋緒に押し付けた。広嗣の逞《たくま》しい熱が腰元にぐっと当たって、秋緒はますます胸を喘《あえ》がせる。

ほしいなんて言ったって、その方法なんかよく知らない。いまこの瞬間、自分がどうすればいいのかなんてまるでわからなかった。だけどこれが本能というものなのはわかる。秋緒が広嗣を好きだという気持ちが剝《む》き出しになった状態だ。

だから不思議と恥ずかしいとは思わなかった。必死だっただけかもしれない。でも、広嗣にはなにもかもを晒《さら》せると思った。

アキさん、と広嗣が泣き出しそうな声を出す。ヒロ、と答えた自分の声は完全に涙声だった。身のうちに包んだ広嗣の質量がいとしい。気持ちいいとは思えなくて、ぎゅうぎゅうに潰されたみたいな苦しがる声ばかりこぼれた。不恰好《ぶかっこう》だ、と思う。声も、足を開いて抱えられている姿も、顔だってたぶん、きっと。

それでもそれは、たしかに幸福ばかりに満たされた夜だった。

翌朝目が覚めると、広嗣の姿がなかった。

鈍い重さの身体をのろのろと動かして家中をくまなく探したが、キッチンにも風呂場にも、二階の秋緒の部屋にも広嗣はいない。今日は日曜日だから、学校へ行ったわけではないだろう。

帰ってしまったのかと結論づけて落胆すると、ますます身体が重く感じられた。

なのにぐう、とお腹が鳴る。自分の身体が空腹を訴えるのは珍しい。秋緒はため息をつきながらひとりで朝ごはんを食べることにした。フルーツのグラノーラ、冷蔵庫のチーズとヨーグルト、コーヒーはインスタント。ダイニングの椅子《いす》に座ってぼんやりと口を動かす。冷たいものばかりだったせいか、食事をしたのに寒くてたまらなくて、こたつに移動してその日は一日うとうととして過ごした。

次に広嗣が来たのは三日後のことだった。残業をした秋緒が仕事を終えて家に帰ると、玄関の檸檬《レモン》の木の前に広嗣が立っていた。キンと冷たい空気の澄んだ夜だった。

「ヒロ、どうしたの？　入っててていいのに」

「――アキさん」

広嗣の声も、真冬の夜風に負けないくらいに冷たく凍っていて、秋緒はぎくりとする。好きだと言って抱いてはみたものの、思っていたのと違ったとか、秋緒の反応に失望したとか、そういうことを言われるのではないかと思ったのだ。考えてみれば、自分たちは同性同士なのだった。秋緒は広嗣しかいないけれど、広嗣は、普通に生活していれば、彼を好きになる女の子なんていくらだっているだろう。

広嗣は秋緒じゃなくてもきっと大丈夫で、だけどそれもしかたのないことだと思う。自分は広嗣にはもう充分もらった。だから広嗣が手を離すというなら、自分はそれを受け入れなきゃいけない。

「アキさん、お願いがあります」

うん、と秋緒は頷いた。大丈夫、と自分に言い聞かせて深呼吸する。

「俺、遠くへ行く。荷物をまとめて、俺と一緒に来てくれませんか」

意外な言葉に目を丸くして、そこで秋緒ははじめて広嗣の足元の鞄に気付いた。キャンバス地の大きなボストンバッグ。中身はぱんぱんに詰まっている。遠くへ、と秋緒は小さく繰り返した。

旅行だろうかなんて思えなかった。寒いせいだけじゃなく青褪《あおざ》めて緊張した頬、決心をこめて引き結ばれた唇、切実なまなざし。なにを考えて、どこに行こうとしているのかはわからなかったけれど、いま一緒に行かなければ、広嗣がひとりでいなくなってしまうことだけは理解できた。

「待ってて」

秋緒は言って、家の鍵を開けて広嗣を玄関に入れると、まっすぐ二階の自室に向かった。鞄を出して、淡々と身の回りのものを詰め込む。財布、預金通帳、印鑑、残った場所には服を押し込む。広嗣のものよりだいぶ小さな秋緒の鞄はすぐにいっぱいになった。階段を下りて、履き慣れたスニーカーに足を入れる。広嗣が差し出す手に摑《つか》まって、二十一年間暮らした家をあとにした。

目的地もなく電車に乗った。平日の夜で、車内はそれなりに混雑している。広嗣はドアの近くに秋緒を庇《かば》うようにして立った。

高校生のときを思い出す。あの頃も、通学の電車がたまたま一緒になると、広嗣はいつも秋緒を気遣って腕の中に庇った。はじめて会った日に秋緒が電車で倒れたせいだと思うけれど、そうされるといつも、落ち着かないような、甘酸《あまず》っぱいような不思議な感覚がしたのを覚えている。

「アキさんのこと」

窓の外の、真っ暗に沈む夜の景色を眺めながら、広嗣がぽつんと話し出した。

「親に話したら、――すごく反対されて」

駅に着いたときに、広嗣の唇の端に小さなかさぶたがあることに気付いた。だからなんとなく予想していた内容だったけれど、実際に広嗣の口から聞くともっとずっと胸に迫る。

自分のせいで広嗣に家を捨てさせた。いま、広嗣は自分と駆け落ちをしているのだ。

だけど帰ろうとは言えなかった。だめだよ広嗣、俺なら大丈夫だよ。そう言って、きっと秋緒が手を離すべきなんだろう。だけどできない。広嗣が秋緒をいらないと言うならともかく、手を繋いでいてくれるというなら離せない。

胸が痛くて、秋緒はすんと鼻を鳴らした。ごめんね、と秋緒が言うと、広嗣ははっと息をのんだ。

「アキさん、違う、そうじゃなくて、」

「ごめんね。……ありがとう」

うれしい、と言うと、広嗣は今度は深々と安堵《あんど》の息をついた。

「アキさんの」

「うん?」

「お父さんとお母さんの位牌、持ってくればよかったですね」

心残りのように、広嗣が車両の後方を振り返る。ううん、と秋緒は首を振った。

「ヒロが俺だけでいいなら、俺もヒロだけでいいよ」

数週間は、移動とホテル泊を繰り返して、雨降《あめふ》り町《ちょう》に来たのは偶然だった。商店街のアーケードを見上げて、なんとなく見覚えのあるような気がする名前だと思って記憶を辿《たど》り、叔父のハガキのことを思い出す。店の名前も覚えていたので、ためしに商店街の中華料理店で訊ねてみると、あっさりと場所がわかった。

叔父の世話になろうと思ったわけではなかった。ただ、結局ハガキの返事を書いていなくて、両親が亡くなったことを知らせてないから、それだけ伝えようと思ったのだ。

そのころまだバーだった『ユクル』を訪ねて、叔父と話をした。

「そうか、そばにいてやれなくて悪かったな。大変だったろう」

叔父の彼方は、秋緒の薄れかけた記憶のまま少しも変わっていなかった。長身で大柄で、髭がもじゃもじゃしている。学者らしい繊細な佇《たたず》まいだった父とは正反対の豪快な印象だ。

「でも、それを知らせに来てくれたんじゃないだろう？　どうした？」

懐《ふところ》の深さがひと目でわかる彼方に明るく訊ねられ、ふっと張り詰めていた糸が切れたような気がした。知らない土地を転々として、ずっと緊張していたのだとやっと気付く。なにもかも話してしまいたいような気持ちになって、だけどなにから話せばいいのかわからなくて、秋緒はもどかしく唇を結ぶ。

すると彼方が、かたくて分厚い手を伸ばして秋緒の頭をわしわしと撫でた。それから、広嗣の頭も同じように撫でる。

「暇なら、しばらくここにいたらどうだ。二階が空いてるから使えばいい」

当時彼方は、雨降り町の隣駅の近くにアパートを借りてひとりで暮らしていた。それで秋緒と広嗣は、ほとんど掃除もされていなかった店の二階に間借りして、しばらく過ごすことにしたのだ。

彼方はバーを本当に気まぐれで営業していて、看板には十七時から二十三時までと書いてあるのに、八時になってもあらわれなかったり、まだ十時なのに帰ってしまったりというのがしょっちゅうだった。真上で寝起きしているとよくわかる。

秋緒も広嗣もどちらかといえば時間にはきっちりと真面目なタイプなので、それが気になってしかたない。店を手伝うようになったのは、だからだった。空腹を訴える客に広嗣がありあわせのものでつまみを作って出したり、秋緒がカクテルを作れるようになると、彼方は徐々に店をふたりに任せるようになった。ふらりと旅行に出てしまうこともある。

他人の陣地を侵食してるみたいだ、と広嗣が言ったことがある。たしかにそうだと秋緒も思った。そろそろ出て行こうかと話したのは、雨降り町に来て二ヶ月が経った頃だ。

話があると言ったふたりに、彼方は「俺もだ」と言った。閉店後の店で向かい合う。

「秋緒、この店もらってくれないか?」

そろそろお暇しようと思います、と言おうとした秋緒と、正反対のことを彼方は言った。

「俺も四十五になって、そろそろひとところに留《とど》まろうと思って店を開いたんだが、やっぱりこういうのは性に合ってないみたいだ。秋緒にとって唯一の近い肉親だってこともわかってるのに、おまえの家族になってもやれない。どこかに行きたい、知らない場所で刺激を受けたいって、そればっかり考えちまう」

彼方がそういう気性なのはわかる気がした。だからといって、じゃあここはもらいますなんて言えるわけがない。

俺たちも出て行きます、と秋緒は言ったが、彼方は「いやだから、そうじゃなくて」と首を振る。

「ここはいいところだ。町も、ひとも。ここでおまえたちがしあわせに暮らしていると思えたら、おまえや兄貴たちへの俺の罪悪感も少しは減る」

「でも」

「即物的だけど、金や権利だって大事だ。おまえたちの事情には踏み込まないが、家も、店も、あったほうがいいと俺は思う。まあ恩着せがましい言いかたになったが結局、手放すのが惜しいんだ。どうせなら身内に持っていてほしい」

「だけど」

「そのうち戻ってきて『ゴクローだった返せよ』って言うかもしれないから、そんときは出てけ。それでもだめか」

こちらが遠慮しているのに、相手に譲歩されると困ってしまう。これでは立場が逆だ。秋緒が「少し考えさせてください」と言うと、彼方はまた、ごつごつの手で頭を撫でて笑った。

「おまえたちがやるなら、ここはカフェかなんかにするといいかもな。もっと明るくて、ゆったりして、壁が白くて、観葉植物がたくさん置いてあるような」

彼方は間接照明がメインの薄暗い店内を見渡して、壁の鳩時計《はとどけい》に目をとめると「電車がなくなる」と言って慌てて腰を上げた。

「ああ、そういえば、『ユクル』って店の名前、どういう意味かおまえたちに教えたっけ？」

「え？　いえ……」

「沖縄の方言で、『休む』とか『くつろぐ』って意味だ。──おやすみ」

急な話に秋緒も広嗣もぼんやりしてしまい、無言で二階へ上がった。順番に風呂を使って機械的に布団を延べる。

「だけど、『ユクル』って名前はいいね。すてきだな」

広嗣が、なにかいろいろと考えている途中なのか、欠片《かけら》のようにぽつんとそれだけ言った。

店の名前は、秋緒もずっとどういう意味なのだろうと疑問に思っていた。意味が与えられると、途端に店のイメージや、彼方の込めた思いがはっきりとするから不思議だ。

「そうだね、俺もそう思う」

翌日秋緒は、広嗣とふたりで「店を預からせてください」と彼方に頭を下げた。

7　二〇一四　冬　秋緒

　リン、とドアベルが鳴った。

「こんにちは」

「こんにちはーアキちゃん。ねえ、雨降ってきたわよ」

　やってきたのは知里《ちさと》だった。いつも大きくカールしているライトブラウンの髪がしんなりしていて、鞄や服の肩も少し濡《ぬ》れている。秋緒は店に置いてあるタオルを知里に渡して、店の外に傘立てを出した。雨はまだ降り出したばかりのようだが、ぽつぽつと地面に落ちる粒は大きい。

　十二月に入り、ますます寒さが厳しい。このあたりはとくに、山颪《やまおろし》の風が冷たく吹くので冬は格別寒かった。

　秋緒たちがはじめてここに来たのも冬だった。生まれ育った場所からそれほど離れていないはずなのに、北国みたいな寒さで最初は驚いた。でもいまは、身を切るようなカラカラと冷たい風も悪くないと思っている。

「知里さん、傘はお持ちですか？」

「うん、折りたたみを持ってる。ここは商店街のアーケードからそんなに距離ないし、出すのが面倒でそのまま来ちゃっただけ」

返されたタオルを受け取って、秋緒はカウンターの中へ戻る。

「広嗣がちょっと出てるので、ごはんの盛り付けは俺がしますけどいいですか？」

「うん、もちろん。ヒロくんどうしたの？」

「お客さまがぎっくり腰で動けなくなってしまって。おぶって病院に行きました」

「あらやだ。よく来てるおじいちゃん？　面長《おもなが》のおじいちゃんは足腰強そうだったから、まあるい、あんぱんみたいなおじいちゃんかしら」

秋緒は苦笑して「そうです」と頷いた。

正道《まさみち》さんが「それじゃあそろそろお暇しようかな」と腰を上げた瞬間だった。「うっ」と悲鳴を上げてそのまま動けなくなってしまったのだ。聞けば何度もぎっくり腰になっているそうで、今回も再発に違いないということだった。広嗣がおぶって、耕太郎《こうたろう》さんが付き添い、かかりつけの整形外科に出かけていったのがつい十分ほど前のことだ。

「そっか。お大事にって伝えてね。あとアキちゃん、わたし今日カレーじゃなくて、ケーキもらえる？」

「ケーキですか？」

「胃の調子があんまりよくなくて」

けだるげにカウンターに頬杖《ほおづえ》をつく知里は、たしかに顔色があまりよくない。心配で秋緒が眉を寄せると、知里は「やあね、大丈夫よ」と手を振った。

「疲れが胃にくるほうなの。アキちゃんの偏頭痛みたいなものね」

「食欲がないわけじゃないなら俺がおにぎりを握りますけど、召《め》し上がりますか？」

カレーが刺激物だから避けているだけなら、代わりのものを提供したかった。秋緒の申し出に、知里は一度は「悪いわ」と遠慮したが、「おにぎりは得意なんです」と秋緒が笑うと「じゃあお願いしようかな」と笑ってくれた。

手早くおにぎりを作って、ぬるめの日本茶と一緒に出す。知里は具のない塩にぎりをゆっくり食べて、お茶を飲み、ほう、と息をついた。

「すごくおいしい。なんか、まったりする。仕事行きたくないなあ」

知里は週に三回、十七時に仕事を上がったあと、電車に乗って雨降り町へやってくる。そして、駅で着替えて、髪を巻き、ここで軽く食事をして、十九時に近くのスナックへ出勤するのだ。彼女はこのダブルワークを、もう長いこと続けているらしかった。

「昼も夜も働くのは大変でしょう」

「そうね。でも、家とお墓買ったから、働かないと」

「家と、お墓、ですか？」

きょとんと秋緒が目を瞠ると、知里は「そうよう」と胸を反らした。

「なんかねえ、急に必要だなって思ったの。付き合ってるひとは絶対に結婚してくれないのわかってて、でも別れられなくて。一生ひとりで生きていくなら、終《つい》の棲家《すみか》と眠るところは絶対に必要でしょう？　それで、土地買って、家建てて、お墓買ったのよ」

パワフルな一方で、ひどく淡々として現実的な話に、なんだか背筋が伸びる。

「忙しいけど、ローンははやく返せたほうがあとあと楽だし、それに、住まいを持ってると、自分の芯《しん》がちゃんとできる気がするのよね。家があるから大丈夫っていうか。だから誰かに頼ろうとか、甘えようとか、さびしいとか、あんまり思わなくなった」

そうか、と秋緒は思う。知里がいつもサバサバとして自立したイメージなのは、そういう本人の努力と自負と心がけがあるからなのか。

一生ひとりで生きていくなら、という知里の言葉が、深々と秋緒の胸に刺さる。

「そうか、そうですね。――俺も考えなきゃ」

秋緒がしみじみと同意して頷くと、知里が不思議そうに首を傾げた。

「アキちゃんには、ヒロくんがいるじゃない」

知里のからかうような目に、秋緒は曖昧に微笑《ほほえ》んだ。そこへ、またリンとドアベルが鳴る。

「こんにちは、おひとり様ですか？」

やってきたのは、五十代後半くらいの女性だった。カシミアの黒いコートを着た、小柄で上品なたたずまいの婦人だ。秋緒は人の顔を覚えるのは得意なほうだが、記憶にないのでたぶんはじめての客だろう。

空いている席へ促すと、彼女はカウンター席の、知里のふたつ隣の椅子へ腰かけた。ミントを浮かべた水を出し、一枚紙のメニューを渡す。俯きがちの彼女は、ほとんどメニューには目をやらず「ホットコーヒーを」と言った。

冷蔵庫からコーヒー豆を出して、手廻し式のミルで挽《ひ》く。沸かした湯をドリップポットに移して、ゆっくり丁寧に抽出していった。

「はー、いい香りねえ。胃が痛くても飲みたくなっちゃう」

知里が大きく深呼吸して、カウンターに頬杖をついた。リラックスした雰囲気なのがうれしい。店をやっていてよかったと思うのはこういうときだ。

アーモンドときなこのクッキーを豆皿に乗せて、コーヒーと一緒に提供する。指輪も腕時計も一粒パールのイヤリングも品がいい。あまりこのあたりにはいないタイプの女性だなと思った。

「――このクッキーはあなたが？」

訊ねられ、秋緒は「いえ」と首を振った。

「いまは出かけてますが、キッチンを任せている者が作ってます。もう少しお出ししましょうか」

秋緒は、背後に並べたクッキーのガラス瓶を、カウンターの一段高くなった部分に並べた。

「あら、この市松模様のクッキーはじめて見たわ」

「昨日の夜の新作なんです。かわいいですよね」

知里にも豆皿でクッキーを振舞う。

「おいしい！　ヒロくんってほんと器用ね」

「そうですね」

「背が高くてかっこいいし」

「広嗣を褒めても俺からはなにも出ませんよ」

秋緒が冗談めかして言うと、知里がそれに軽やかに乗って「あら残念」と笑った。

カシャンと、コーヒーカップがソーサーへ乱暴に戻される音がしたのはそのときだった。

荒っぽい音にびっくりして首を向けると、カウンターの女性がまっすぐと秋緒を見ている。

「広嗣の母です」

——本当に。

本当に、唐突で、研ぎ澄まされた出刃包丁のような声だった。まっすぐに胸を突かれて、最初は痛みも感じなかった。ただ、ひたすら寒いような恐怖だけがじわっと全身を包む。

責めるような、恨むような、厳しい視線だった。目を逸らしてしまいたいのにできない。

縫い止められたみたいに、視線も、指の、爪の先まで、どこも動かなかった。

どうして、と思う。

秋に、商店街で学校の後輩に声をかけられて以降、秋緒が一番おそれていたのはこの日のはずだった。こわくて、体調を崩すほどで、あのとき、まるで病人のような日々を過ごしたのに。

なのにどうしてその恐怖を、いつのまにか忘れてしまったんだろう。

広嗣が尽くしてくれたからだろうか。ここへ到った過去をひとに話して勝手に許されたような気分になっただろうか。耕太郎さんがまた店を訪ねてくれるようになって、まだ暑いころの日常に戻ったような気がしていたのだろうか。

可能性は毎日あったのに。はじめて来るこの年頃の女性客なら、真っ先にそれを疑ってもおかしくないのに。

自分はなんて無防備に、広嗣の母を迎えてしまったんだろう。

「平坂、秋緒さんね」

たしかめるように名前を呼ばれる。心臓を直接摑まれたように感じて、秋緒はぐっと息を止めた。広嗣にはやく帰ってきてほしい。いや、帰ってこないでほしい。

「私が、あなたにお願いしたいことはひとつだけです」

す、と広嗣の母が居ずまいを正した。きれいに背筋の伸びた姿勢は、育ちのよさが窺える。ああ、広嗣を育てたひとだと、そう思った。行儀よくて、穏やかで、思いやりがあってやさしくて、そういう広嗣のやわらかい芯を作ったのは、間違いなくこのひとだ。

「どうか、広嗣を返してください」

ぴんと伸びた背筋のまま、まっすぐにきれいに頭を下げられる。

頷く以外に、なにができただろうか。

だって広嗣を産んだひとだ。広嗣を育てたひとだ。広嗣の——家族だ。

もし、広嗣の母親がもっと苛烈《かれつ》な女性で、ここで泣き叫んだり暴れたりするようだったら、自分も困惑したり、動揺したり、反発することもあったのかもしれない。だけど目の前の女性はあまりに広嗣の母親で、あまりに静かだった。

「……はい」

頷いて、秋緒はゆっくりと深呼吸をする。言いたくない言葉が、喉元に用意されていた。これを口にすれば広嗣が傷つく。ここでの日々が終わりになる。だけど、秋緒は思い切って口を開いた。

「いままで、本当に、申し訳ありませんでした」

深々と頭を下げる。

自分の声が、ぼわぼわと水の中みたいに膨張して気持ちが悪い。目の前が暗くなる。だけど、こういうときに倒れるようなことは絶対にしたくなかった。足を踏ん張って、じっと頭を下げたまま時間を耐える。

広嗣の母親は、静かに席を立って、店を出て行った。ドアベルの音を聞いてさらにしばらく経ってから、秋緒はやっと顔を上げた。

深く、息をつく。ほとんど手付かずのコーヒーを引き上げて、シンクに流した。カップとソーサー、豆皿を洗い、水きりトレイに伏せようとして手がすべる。鋭い音がして、床でコーヒーカップが砕けた。

「やだアキちゃん！　大丈夫？」

「すみません、大丈夫です」

カウンターの隅に置いている小さな箒《ほうき》とちりとりでカップの破片を片付ける。

店のカップは、ふたりが気に入ったものを一客ずつ増やしてきたものだった。いつも秋緒は、そのすべてバラバラのカップを、客のイメージで選んで出している。今日出したのは、カフェをはじめて一番最初に広嗣が選んだものだった。

縁だけがブルーの白いカップで、底に青い花が描かれている。すっきりと広嗣らしくて秋緒も気に入っていたカップだった。自分がそれを選んで広嗣の母親に出したというのは皮肉のようでもあったし、予兆のようでもあったと思う。

「しんどいね、アキちゃん」

カップの破片が、ゴミ箱にガラガラと落ちるのを聞きながら、ぽつんと知里が言った。

「……大丈夫です」

答えながら、なにが大丈夫なんだろうと笑い出したくなった。広嗣を失うのに、大丈夫だなんてことがあるわけがない。

「なんか、自分のこと思い出しちゃった」

知里もため息をついて、「お茶、おかわりもらえる？」と言った。秋緒は「はい」と頷いてケトルを電熱器にかける。

「さっき、付き合ってるひとは絶対に結婚してくれないって言ったでしょ？ ……家族がいるからなのよね」

「かぞく？」

「奥さんと、七歳と三歳の子供。彼には一度も奥さんと別れるなんて言われたことないし、わたしもそんなことお願いしたことない。でもね、一度、奥さんがわたしの家に来たことがあったの。すごい形相《ぎょうそう》で『主人を返せ、訴えてやる』って怒鳴られて、わたし怖くてなにも言えなかった」

ぽつぽつと話す知里に、相槌《あいづち》を挟むことも憚《はばか》られて、秋緒は俯いて急須に新しい茶葉を入れた。

「ひとはモノじゃないけど、でも、ああ、彼はこのひとのモノなんだなあって思った。彼に対して、正当な権利があるひとなんだなあって。そういうひと相手に、自分も好きだから彼をくださいなんて、とてもじゃないけど言えないよね。相手は武装してるのに自分は真っ裸みたいで、戦うなんてとても無理だった。なにも言えなかったしなにもできなかった」

しゅんしゅんとホーローのケトルが音を立てる。

正当な権利、という知里の言葉に、秋緒は細く長くため息をついた。

本当に、そのとおりだ。広嗣に対してのなにがしかの権利を持っているひとがいるなら、それは彼の家族以外にありえない。秋緒がどんなに好きでも、広嗣は自分のものにはならないのだ。

だけど、そう理解することは痛みではなかった。もとから知っていたことのような気さえする。

広嗣は秋緒のものにはならない。それは、この土地の景色を見てそのたびに、新鮮にきれいだなあと思うのと同じだった。自分のものじゃないとずっと感じていた。思い返せば、周りのなにもかもがそうだ。

ふたりで作ったこの店も、二階の住まいも、大事に広げた庭も、——広嗣も。

全部、自分はずっと借り物のように思っていた。いつか返さなければいけない、一時的に預けてもらっているものだと思っていた。

ここが好きで、広嗣を好きで、だけどいつも、儚《はかな》いような、かなしいような気持ちでいたのはそういうことだったのだ。

ふ、と秋緒は吐息で小さく笑った。

「アキちゃん?」

「——なんか、ちょっとわかっちゃいました」

ほどなくして広嗣が帰ってきて、入れ替わるように知里がスナックへ出勤していった。

秋緒の態度に、広嗣はなにか感じることがあったのか「アキさんどうかした？」「体調悪いの？」と閉店まで何度も訊ねた。秋緒はそうだとも違うとも言えなくて、曖昧にごまかしてひたすらに閉店の二十一時を待つ。

何度も壁の鳩時計を見上げて、そのたびに心臓が竦んだ。はやく時間になってほしいのか、ならないでほしいのか、自分でもよくわからない。

ポーポーと鳩時計が九回鳴り、店を閉めた。いつもと同じように、売り上げの計算をして掃除をする。いつもならそのまま二階に上がるが、秋緒は話をするのに店を選び、広嗣を引きとめた。

「ヒロ、ちょっといい？」

うん、と広嗣がキッチンから出てくる。いつも正道さんと耕太郎さんが座る、奥のソファ席に促すと、広嗣は不思議そうに首をひねって、同時にどこか不安そうな素振りも見せた。

ソファのかたわらの、一メートルほど高さのある鉢植えのサンセベリアは、広嗣が「マイナスイオンを出すんだって」と言ったので置いたものだった。秋緒は剣状に伸びる平たい葉っぱをひと撫でして、広嗣の正面に座った。

「あのね、今日夕方に、ヒロのお母さまがみえたよ」

広嗣が目を瞠って息を止める。

「びっくりした。あのとき広嗣にあんなに心配かけたのに、もうすっかり忘れてて」

「俺も、……だって、そんな、なんで」

片手で口元を覆って、広嗣が視線を落とす。動揺に言葉がないのかしばらく黙って、それから広嗣ははっと目を上げた。

「アキさん、なにか、言われた？　母さんにいやなこと言われたり、されたりしたんじゃない？」

秋緒ばかりを気遣う言葉を口にする広嗣に、きゅっと唇を噛んだ。そうしないと泣いてしまいそうだった。広嗣が、隣に並んだ秋緒と手を繋いで、家族と敵対するイメージが頭に浮かぶ。

どうか、と静かな声がよみがえった。

――どうか、広嗣を返してください。

「ヒロを、帰すって、約束した」

喉が塞がれて、嗚咽が混じりそうなのを懸命にこらえる。ぐっと喉が鳴ったのに、広嗣は気付いただろうか。

「――いま、なんて言ったの？」

呆然と見つめる広嗣から、秋緒はふいと顔を背けた。こんなこと、何度も言えない。顔を歪めて秋緒が黙り込むと、広嗣が「ねえ」と声を尖《とが》らせる。

「うそだよね、なんでそんなこと、勝手に」

「ごめんね。でも俺は、いつかはこうなるってわかってた」

耐え切れず秋緒が泣き出しながらそう言うと、広嗣は愕然《がくぜん》と目を瞠り言葉を失った。

「ずっと続けられることじゃないから、いつか広嗣のことは帰さなきゃいけないって、はっきりとじゃないけど、どこかで、無意識に、最初から、わかってたんだと思う」

膝で握ったこぶしに、はたはたと涙が落ちて跳ねた。

保険証も持っていなくて、住民票もここにはなくて、土地の名義も店の代表者もまだ彼方のままだ。秋緒も広嗣も、ここではふわふわと不確かで不安定で、なんの保証も土台も持っていない。こんなことがずっと続くはずがないのだ。どちらかが大きな病気をするとか事故に遭うとか、ここに行政の指導が入るとか、ふたりの小さな暮らしを脅かすものなんか身近にいくらでもある。

「家族のところへ帰って、ヒロ。俺はもう、充分だから」

「俺は……っ！」

広嗣が咳《せ》き込むように言い募る。秋緒の言葉の余韻を塗り潰したがるような声だった。

「俺は、ぜんぜん充分なことなんか……っ。だって、ずっとアキさんと生きていくつもりで、

アキさんがおじいちゃんになっても離れないつもりで、だから……！」

「ヒロ」

「アキさん、ここを出よう。荷物まとめてまた遠くへ行こう。俺、がんばるから。アキさんが不安にならないように、もっとがんばるから」

広嗣のどこまでも誠実な愛情が、秋緒を深く包み込もうとする。だけど、秋緒は泣きながらもきっぱりと首を振った。

「ごめん、ヒロ。俺からはもうなにも言えない」

広嗣が納得するような説明なんて持っていなくて、それきり秋緒は口を噤んだ。広嗣は、俯いてじっと黙る秋緒になにか言おうとするのか、息を大きく吸って、ため息に変えることを何度も繰り返す。

「本当にごめんね。――いままでありがとう」

「…………ッ」

たまらずといったようすで、広嗣が立ち上がった。荒い足音が裏口から出て行くのを、秋緒は目を閉じてじっと耐える。外階段を上がる音、二階の玄関が開閉する音。そして天井からの足音。荷物をまとめた広嗣が下りてくるのに、十分もかからなかったと思う。

秋緒は濡れた顔を手で拭《ぬぐ》って立ち上がり、広嗣とまっすぐに向かい合った。見つめる視線を一瞬だけ見返して、目を伏せる。

――俺、遠くへ行く。荷物をまとめて、俺と一緒に来てくれませんか。

あの日も、雪が降り出しそうに寒い夜だった。広嗣の手を取ったあの冬の日から、秋緒はいつかかならずこういう日が来ると思っていた。いつまでもしあわせに暮らしましたなんてしめくくられるのは物語だけだ。現実は常に、先があって、先があって、先がある。ずっとここでこうして暮らせればいいのになんて、秋緒は一度も思えなかった。たとえこういう形じゃなくても、別れじゃなくても、この先ずっとこのままではいられないことだけはわかっていた。

だけど、それでもあのときはどうしても広嗣の手を取りたかった。広嗣との未来を追いたかった。いつかは行き止まりになる道でも手を繋いで進みたかった。

「アキさん、――戸締りだけは気をつけて。あと、火の元も」

「うん」

「ごはんも、ちゃんと食べてね」

「うん」

ジンジンと喉が痛い。秋緒がまた涙をこぼすと、広嗣も湿った音で鼻をスンと鳴らした。

さよならは言わなかった。

8　二〇一五　梅雨　香南子

「お待たせしました。ホットジンジャーレモネードと、ホットコーヒーです」

香南子《かなこ》がテーブルに白木のトレーをふたつ置くと、正道さんと耕太郎さんが揃って「ありがとう」と微笑んだ。

「香南子ちゃんも、だいぶお給仕が様になってきたねえ」

「あ、いえ。――ごゆっくりどうぞ」

ひとと話すのは――特に年上の相手は苦手で、香南子はそそくさとテーブルのそばを離れた。トレーに乗ったカップをカチャカチャと鳴らしたり、中身をソーサーへこぼすようなことはもうしなくなったけれど、やっぱり自分に接客は向いていないと思う。

扉近くのテーブルに手を挙げて呼ばれ、香南子はエプロンのポケットから会計伝票を出しながら駆け寄った。注文を受けて、カウンターの秋緒へ伝える。

「アキさん、カフェオレです」

「はい」

カフェ『ユクル』から広嗣がいなくなって、半年が過ぎた。いまはちょうど梅雨《つゆ》の時期で、今日も朝からしとしとと細い雨が降って肌寒い。湿気で窓が曇り、店内はしっとりと時間が止まったようだ。

雨は好きじゃないけれど、雨の日の店の雰囲気はきらいじゃない。香南子は、夏のセーラー服に重ねた紺色のセーターの袖を上げなおしながら、外を見通せない窓ガラスに目を向けた。秋緒の淹れるコーヒーの香りが、ふわりと漂う。

広嗣が去ってから、店の集客はぐっと落ち込んだ。自家製パンとデリとスープのランチ、日替わりのカレー、スイーツ。広嗣が全面的に担っていた、カフェの中枢ともいえるメニューが出せなくなったのだから当然といえば当然だった。

香南子も、一瞬『ユクル』から足が遠のいていた。広嗣がいないなら通う意味はない。それに正直、広嗣がいなくなったここを秋緒ひとりで切り盛りできるとも思えなかった。

秋緒はいつもにこにこしているだけ。店のほとんどのことは広嗣がしている。香南子はそういうふうに見ていた。

広嗣がいなくなって一週間ほど経った頃に香南子が店を覗いたのは、ちょっと意地悪な気持ちからだった。広嗣がいなくて困っている秋緒の姿をこっそり見てやろうと思ったのだ。

そろりと外の窓から覗いた店内は、思ったよりも客が入っていた。午後三時過ぎという時間のせいだろう。そういえばいつもこのくらいの時間は、ランチも終わり、ドリンクのみの客が多かった印象だ。キッチンから広嗣が出てきてオーダーを受けたりするのはこの時間帯が主で、だから香南子はいつも狙ってこの時間に店を訪ねていた。

外から見ていても、秋緒がてんてこまいなのはわかった。オーダーを取って、ドリンクを作り、帰る客がいれば会計をし、入ってくる客は席に通す。これまでふたりでやっていたことを急にひとりでやるのだから、当然負担は大きいだろう。いつもおっとりと穏やかな秋緒らしからぬ、余裕なく慌てたようすだった。

それを見てどうして「ざまあみろ」と思って踵《きびす》を返せなかったのかといえば、香南子は、この雨降り町を去る広嗣に偶然会っていたからだった。

雨降り町は田舎《いなか》で、一日の最終電車の時刻がとてもはやい。十時ちょうどに雨降り町駅を出る電車が上りの最終だ。香南子は予備校帰りに、駅の券売機で路線図を見上げる広嗣を見かけて声をかけた。

「ヒロさん」と香南子が呼びかけると、広嗣は振り返って「ああ、香南子ちゃん」と言った。それから「こんばんは」と。

「こんばんは」と返しながら、香南子はすぐに異様なようすに気付いた。憔悴《しょうすい》して、にこりともしない。こんな広嗣を見るのははじめてだった。香南子が「どこか行くんですか？」と訊ねると、広嗣は「うん」と頷いて視線を落とした。

香南子ちゃん、と広嗣が顔を上げたとき、どきりとした。なにか、大事なことを言おうとしている目だと思ったからだ。期待なんてするに決まっている。秋緒のことが好きなひとだと知っていて、この町に駆け落ちしてきたことも知っていて、だけど一瞬ふわっと心が高揚した。

だけど広嗣は「あのね」とまっすぐ香南子を見て、きっぱりと言った。

「秋緒のことよろしく。たまにようす見てもらえると、うれしい」

広嗣は秋緒のことをいつも「アキさん」と呼ぶが、本人のいないところでは、ときおりこうして名前で呼ぶことがあった。大抵は、常連に秋緒の所在を尋ねられたときだ。

そういうとき広嗣が「秋緒は買い出しに」と答えるのは、夫婦が使う「主人が」とか「家内が」という言いかたによく似ている。ようは身内をさす謙譲語だ。だから香南子は、広嗣が秋緒を呼び捨てにするのを聞くたびに、結婚しているひとを好きになったみたいでざらりとした気分になる。

そのときも自分の胸の中のざらつきが真っ先に立って、広嗣の言葉の意味を考えることはできなかった。

変なことを言われた、と思ったのは、切符を買った広嗣がふたつきりしかない改札を抜けてゆくのを見送ってからだ。

翌日店を訪ねて、広嗣の不在を知った。「ヒロさんは」と訊いた香南子に、秋緒はおっとりと微笑んで「家に帰しました」と答えた。

そのとき、「家に」だなんて、と強烈に不快に思ったのを覚えている。

だって、ふたりでここに暮らしていて、なのに秋緒はここを広嗣の家だと思っていなかったということだ。

こんなひどいひとを見たことがないと思った。追い出された広嗣はそれでも秋緒を心配して、自分みたいな無力な女子高生に「よろしく」と頭を下げたのに、当の本人はなんて薄情なんだろうと腹が立った。

だから、その一週間後、覗いた店でどんなに秋緒が忙しそうでも、暇そうでも、それで溜飲《りゅういん》を下げるつもりだった。手伝う気なんかまるでなかった。

なのに香南子は結局その日、秋緒に手を貸した。最初の日は来た客の案内とテーブル拭《ふ》きくらいしかできなかったが、次の日にはレジの打ちかたを教わって、フロアの仕事はだいたいできるようになった。いまでは土日を含む週四日、時給をもらってここでアルバイトをしている。

自分でも、どうしてこんなことをしているんだろうと不思議に思う。

アキちゃんは、なんか放っておけないタイプなのよね、と言ったのは常連の知里だ。彼女も、秋緒が忙しくしているときには注文をテーブルに運んだりしているらしい。聞けば、正道さんや耕太郎さんも、香南子がいないときには秋緒を手伝うことがあるそうだ。老人たちに限っていえば、休日に秋緒を自宅に招いて食事を一緒にしたり、趣味の釣りやハイキングに連れて行ったりもしていると聞いた。その他にも食事を差し入れる常連などもいるというから呆れる。本来、食事を提供する立場なのは秋緒のほうのはずだ。

とにかくみんなが秋緒を心配していて、手を貸したがっているというのは、この半年でいやというほど理解した。それがおそらく秋緒の人柄なのだ。

それに、自分だって例外じゃない。呆れたり腹を立てたりしながらも、結局、いま一番秋緒のそばで立ち働いているのは香南子だった。

ただ、いつも、「それでも」と思う。

秋緒はたしかにふわふわと浮世離れしていて、危なっかしいことも多い。それでも、香南子を含め、誰も、広嗣ほどには秋緒を心配していなかった。

広嗣はそれこそ、病弱な妻のように秋緒を扱っていたと思う。ちょっとの風にも当たらせたくない、少しでも無理をさせたら死んでしまうかもしれない。そのくらいの過敏さが広嗣にはあった。

だから香南子も秋緒はそういうひとなのだと思っていた。けれど実際接してみると、拍子抜けするくらいに秋緒は健康だ。雰囲気こそ頼りなく儚げだけれど、毎日庭の手入れをして店を開けて、まっとうに一日を終えている。

夕方になると疲れた顔をすることもあるが、これは働いているのだから疲れないほうがおかしい。頭痛持ちで、頭が痛いと言う日はたしかに顔色が悪いが、これもそういうものだろう。香南子のクラスメイトにも偏頭痛で悩んでいる子はいる。

線が細くて独特の雰囲気があって、だけど秋緒は知れば知るほど普通の成人男子だ。

そう気付いたとき、なんだ、と香南子は少しがっかりした。秋緒はぜんぜん、自分が気後れしないといけないようなお姫さまなんかじゃない。

だけど同時に思い知りもした。

それでも、広嗣にとって秋緒は、誰よりきれいで、世界中のなにもかもから大事に守って大切に慈しむべき特別な存在だったのだ。

「香南子ちゃん、おつかれさま」

十八時頃に客足が落ち着くと秋緒が声をかけてくれて、それを合図に帰宅するのが香南子の最近のペースだった。キッチンで、制服の上からかけていたエプロンを外して、鞄にしまう。

広嗣の領分だったキッチンは、いまはほとんど使われていない。秋緒がたまにおにぎりを握ったり、プリンやゼリー、ジャムやシロップを作るとき以外は、電気も消えていることが多かった。

それでも、掃除だけはいつも行き届いている。使わない鍋もフライパンも、毎日清潔に、同じ場所にあった。

秋緒は、広嗣が帰ってくると思っているのだろうか。いつ戻ってきてもいいように、こうしてキッチンを整えたままで待っているんだろうか。そう思うと複雑で、見てはいけないものを見たような気分になる。

シンと冷たい気配がするキッチンにひとりでいると、秋緒のさびしさが胸に忍んでくるようで、香南子はふるっと身震いをしてキッチンを出た。身支度《みじたく》を整えた香南子を振り返って、秋緒が「いつもありがとう」と微笑む。

「あのね、」

俯きがちに微笑んで、秋緒が声で香南子を引きとめた。

本当に、さびしげなひとだなあとしみじみ思う。

だからなのか、秋緒は妙に、ひとりきりでいるのが似合った。ひとに囲まれたり誰かと話をしている姿より、ひとりでカウンターに立ったり、手鍋に向かっているほうがずっとしっくりと秋緒らしい。

ひとりが似合うのは、秋緒自身がひとりで生きようと決めているからだろうか。それとも実際いま、彼がひとりぼっちだからだろうか。

それでいま、このひとはしあわせなのかなと、ふっと不憫《ふびん》がこみ上げて香南子はひっそりと眉間《みけん》を歪めた。広嗣は、どうして秋緒の手を離したのだろう。あんなに大切にしてたのに、どうして拒絶されてもきらわれてもそばにいようとは思わなかったんだろう。

「お店、しばらく閉めようと思うんだ」

秋緒はうすく微笑んだまま、穏やかな口調でそう言った。

「え？」

「なんとなくでずるずる開けてきたけど、ちゃんと考えなきゃいけないよね。広嗣がいないここを、今後、ひとりでどうやってやっていくのか。……そもそも、ひとりで続けられるのかっていうところからだけど」

香南子ちゃんにだって、いつまでも甘えられないからね、と秋緒は細い首を傾けて苦笑いをした。たしかに香南子は受験生で、アルバイトをしている余裕なんて本当はない。夏になれば、いままでのペースで通うことはできないだろうと香南子自身も考えていた。

「なんかね、手伝ってくれる香南子ちゃん見て、広嗣のこと思い出したんだ。広嗣も、受験生の忙しい時期に俺のためにたくさん時間を割いてくれた。申し訳なくて、負担になってることもわかってて、でもそのときは広嗣を離してあげられなかった。本当は、あのときに寄りかかっちゃいけなかったんだって、いまではそう思う」

「……だから、今回は同じ失敗をしないっていうことですか?」

香南子が顔をしかめると、秋緒はいなすように穏やかに笑《え》んだ。

自分はべつに、秋緒に頼りにされたいわけじゃない。そもそも秋緒に対していい印象だって持っていない。だけど、こうして突き放されると唐突にむなしいような感じがした。

香南子でさえそう感じるのだから、秋緒をなにより大切にしていた広嗣は、きっともっとむなしくて、かなしかっただろう。

「そんなの、ヒロさんが可哀相」

香南子の声に、秋緒は痛みをこらえるように眉をひそめて頷く。

「うん。そうだね。……本当にそう思う」

投げた飛礫《つぶて》が自分に跳ね返ってくるようで、痛みに香南子もぎゅっと唇を結んだ。秋緒だって常連の誰かだって、不恰好な香南子の片想いには気付いていたはずだ。なのに当の広嗣だけが、香南子が寄せる想いに気付く隙間もないくらいに、秋緒でいっぱいだった。だから自分はずっと、秋緒が妬《ねた》ましくて、羨《うらや》ましくて、苦手だった。

だけど、秋緒に目の前で扉を閉めるようなことをされればかなしいし、秋緒を傷つければ自分だって痛い。

なんだ、と香南子は泣きたくなりながらいまさら気付く。妬ましいとか苦手だとかいいつつ、自分はこのひとをきらいじゃないのだ。

リン、とドアベルが鳴ったのはそのときだった。「こんにちは」と秋緒が顔を向けて、「えっ」と珍しく驚いたような大きな声を出した。

扉を開けて入ってきたのは、真っ黒に日焼けして、汚れた服を着て、大きなリュックを背負った、もしゃもしゃとした髭の大柄な男だった。

9　二〇一五　梅雨　秋緒

叔父の彼方に会うのは約六年振りだ。もう五十を過ぎたはずだが、最後に会ったときとまるで変わらない。三十代と言っても通用しそうな若々しさだった。

香南子を帰して、二十一時の閉店まで、カウンター席に座った彼方の話に耳を傾けた。秋緒は接客をしながらだったので、ときおり話が途中のまま宙に浮いたが、とにかく南米での生活を満喫しているらしいのはよくわかった。豪快で生き生きとした彼方の笑顔に、秋緒の気分も少し上昇する。

「それでおまえは？　相方はどうした」

店を閉め、店内の掃除をする秋緒の背中に、彼方の声がぶつかった。ぎくりと肩を強張らせて、ゆっくりと息を落ち着ける。

「家族のところへ、帰しました」

静かにそう答えると、彼方は「そうか」と気まずそうに黙り込んだ。彼方はたぶん、ふたりの関係にも、生まれ育った土地でなくここに留まった理由にも気付いているだろう。

彼方はそれでもなにも言わずにここに置いてくれたのに、こんな結果になってしまったのが申し訳なかった。「すみません」と秋緒が頭を下げると、彼方は「どうして」と苦笑する。

「せっかくここを預からせてもらったのに、……頑張りきれなかった」

うまい言葉がみつからない。秋緒がもどかしくそう言うと、彼方はカウンターの椅子から立ち上がって、秋緒の頭をぐしゃぐしゃと撫でた。

「そんな死にそうな顔するなよ。おまえは本当に、兄さんに似て真面目なんだなあ。学者タイプというか、熱帯魚系というか」

「……熱帯魚」

「水質や水の温度変化ですぐ死ぬだろ」

見た目のイメージのせいだろうか。それとも、自分は本当に周りが言うほど弱々しいのだろうか。自分ではそこまで繊細なつもりはないけれど、叔父だけでなく、広嗣もそう思って秋緒を気遣っていたのなら、こうなってよかったのかもしれないと思った。

ただでさえ、駆け落ち者なんていう制限の多い暮らしなのだから、ふたりはもっと対等でなければいけなかった。秋緒は広嗣に寄りかかりすぎていたのだと思う。

広嗣は一度も不満を口にしたりはしなかったけれど、だからこそ、秋緒が気付かなければいけなかった。そう考えると、広嗣の母が訪ねて来てくれてよかったのだ。広嗣は秋緒から解放されるべきだった。

「俺は、意外と図太いんですよ」

秋緒が微笑むと、彼方は冗談を聞いたみたいに肩を竦める。

「じゃあ、図太い秋緒はこの先どうするんだ」

店は閉めようと思います、と秋緒は答えた。

ずっと考えてきたことだった。広嗣がいなくなって半年、常連客たちのやさしさに甘えてなんとか続けてきたが、これが正しい店のありかたであるとは思えない。秋緒がお茶を淹れて、セーラー服の香南子や常連客がそれを運ぶなんていうのは、まるでホームパーティか単なるお茶会だ。

誰もがほっとくつろげる場所にしたい、やさしい時間が流れる場所にしたい。それが、秋緒と広嗣が、この『ユクル』をカフェに改装するときに決めた目標だった。そうなるように、メニューもインテリアもできる限りで考えて工夫した。

五年経ち、やっとふたりの描いた形に近い店になったと思う。だけど、いま秋緒がしているのは、そういうふたりの積み重ねた時間や努力を全部台無しにする行為だった。こんなのは自分でも納得できないし、広嗣にだって申し訳ない。いまの『ユクル』を広嗣に胸を張って見せられないなら、このまま続けたらいけないと思った。

「彼方さんには申し訳ないけど、ここも俺ひとりの身には余るし、……どこか近くにアパートを借りて、勤め先を探して、ひとりで生きていこうと思います」

秋緒がそう言うと、彼方は渋い顔をして、指先で髭をもてあそんだ。

「なんつーか、おまえらしいといえば、おまえらしい気もするが……」

掃除を終えて、エプロンを外して畳む秋緒を、彼方が上から下までとっくりと眺める。

「だけど、それがいい大賛成だとは言いづらいな」

彼方の率直な本心なのだろう。たしかにそうだろうと感じて、秋緒はちょっと笑った。

「なあ秋緒、どうしてもこの町にいたいわけじゃないなら、一度おまえも家に戻ったらどうだ？」

叔父の唐突な言葉に、秋緒は驚いて目を瞠る。

「家？」

「おまえが生まれ育った家」

「でも、あそこは、もう」

両親と暮らした小さな日本家屋は、六年も前に捨てたのだった。広嗣の手を取った冬の日から、一度も帰っていない。いまどうなっているのかなんか、考えたこともなかった。

「売ったり譲ったりしてないんだから名義はおまえだろ。電気水道ガスは止められてるけど、税金はおまえの口座から毎年引き落とされてるぞ」

愕然とする秋緒に、彼方は呆れたように目を眇《すが》める。

「世間知らずだなあ。こんなんで、本当にひとりでなんか生きていけんのか？」

彼方の指摘には恥じ入るしかなかった。お姫さまみたいだとか、浮世離れしているとか、これまでも散々言われてきたけれど、本当にその通りだ。自分ひとりでも一通りのことはできるなんて自信はどこから湧いたのか。

「アパートを借りてなんて言うけど、借りかた知ってるのか？　保証人とかいるんだぞ」

「…………」

カフェの経営にしても秋緒はいまだに無知だった。この六年間も、彼方がバーを開店するときに頼ったという税理士の友人というのが毎年決まった時期に訪ねて来て、淡々と書類を作って去っていくのに任せきりだ。年に一度あらわれるスーツの男は、彼方の財産の管理を任されていると言っていたが、それ以上のことは訊いても教えてもらえなかった。「私もあなたがたのことはお訊きしませんので」と言われては黙るしかない。なんとなく、自分たちが違法なことをしているという後ろめたさだけはあったせいだ。

「あの家な、ひと月に一度程度だが、ひとの手を入れてるんだ。誰も住まないなら、借家にしておまえたちの生活の足しにすればいいと思ってたんだが、いつも相談するのを忘れててな。とりあえず朽ちてからじゃ遅いから、最低限の掃除だけしてもらってる。帰るつもりがあるなら、まあ、電気やガスのことは俺もよくわからんから自分でなんとかしろ」

彼方は尻《しり》のポケットからくたびれた財布を引っ張り出して、小銭の中から銀色の鍵を探り当てると、秋緒のてのひらに乗せた。

「玄関の鍵は変えちまったから、これな」

ずっと、思い出すことすらなかった生家が、あざやかに浮かび上がる。小さな家に釣り合わない立派な門構え。母が育てた花が咲く玄関までのアプローチ。ガラガラと軋んだ音を立てる引き戸の玄関。古びた狭い台所、両親が使っていた和室。急な階段、二階の納戸《なんど》、秋緒の部屋。

ひとりで暮らすなら、ひとりになったあの家がいいかもしれない。真っ暗で先も見えなくて、だけど秋緒がひとりで生きることを否応なしに考えさせられたのはあの家だった。

あの家に帰れば、そのときの、ひんやりとした孤独を思い出して、また身につけられるかもしれない。

ここは、あたたかすぎるのだ。やさしいひとがいて、広嗣との思い出があって、そうか、この場所は、ひとりで生きるのに相応《ふさわ》しくない。

秋緒は手の中の鍵をぎゅっと握りしめる。いつかは人の助けがなくても、ピンと背中を伸ばしてひとりで立てるようになりたいと思った。

二階に一晩泊まった彼方は、翌朝ふたたび旅立った。秋緒は叔父を見送り、自分も簡単に身支度を整えた。店の扉に『本日休業いたします』と書いた張り紙をして、戸締りを確認して駅へ向かう。

明確に、帰ろうという意思があるわけではなかった。ただ、家がいまどうなっているのかを見に行こうと思った。

六年も不在だったのだから、行ってすぐに住めるはずがない。叔父の言ったように、ライフラインの再開には手続きが必要だろうし、カフェだって突然放り出すわけにはいかなかった。やどかりじゃあるまいし、身軽にあちこち移り住めるわけじゃないのは、世間知らずの秋緒でもわかる。

駅で路線図を見上げて、帰りかたを探す。ここに来たときは、あちこちを数日ずつ転々としたあとで、うしろを振り返ることなんてしなかった。六年前、どうやってここに辿り着いたのかも定かじゃない。当然、帰る道のりを探すのもはじめてだった。いくつか電車を乗り継ぐことを確認して、券売機で切符を買う。

電車に揺られ二時間かけて、地元だった駅に着く。

生まれ育った街は様変わりして、はじめておとずれる土地のようだった。駅に直結した商業ビルが建て替えられているし、バスターミナルも一新されて整然としている。駅前の店も、記憶とは違う看板ばかりだ。まるでタイムスリップでもしたような感覚に、秋緒はしばらくその場に立ち尽くす。六年という月日そのものが、目の前にあるみたいだった。

おっかなびっくりの足取りで、かつて暮らしていた家を目指す。大通り沿いの一軒家は、駅から徒歩五分ほどだ。

隣の一軒家がマンションに建て替わっていたが、秋緒の家の大仰《おおぎょう》な門は、変わらずそこにあった。敷地ごと消えうせていても驚かないくらいに周囲が変化していたので、懐かしい景色にほっと安心する。

玄関までのアプローチは、草が全部刈られて、空き家らしい寒々とした風情だった。玄関の近くの檸檬の木だけがぽつんと残っていて、いくつか実がなっている。季節にかかわらず実をつける不思議な檸檬の木は、秋緒が生まれたときからここにあった。

彼方にもらった鍵で、玄関の戸を開ける。外より寒い、ひんやりとした空気がよそよそしくて、自分の家に帰ってきたという気持ちは湧いてこなかった。気後れしながら靴を脱ぐ。

まず、二階の自室に向かった。カーテンが閉められていて薄暗い部屋をそろそろと検分する。机の引き出しやクローゼットには、秋緒の持ち物がそのままそっくり残っていた。隣の納戸のガラクタもそのままだ。

一階におりる。台所も清潔に掃除されていた。冷蔵庫のコンセントは抜けていて、中身は空だ。戸棚の乾物や茶葉などもすっきりとなくなっている。

それから和室。

こたつがどしりと残っていた。押入れのふすまが半分開いていて、重ねた布団が見える。仏壇はぴたりと閉じられていた。

秋緒は仏壇の扉を開けて、しけったマッチでろうそくに火をつけた。残っていた線香を上げて、りんを鳴らして手を合わせる。

五月の陽気に不似合いなこたつはしまうことにした。こたつ机から脚を外して天袋にしまい、布団は外に干す。納戸にあった竹箒で畳を丁寧に掃いて、雑巾の代わりにタオルですみずみまで拭いた。

作業が一段落すると、ようやく、家に自分が馴染《なじ》んだように感じる。秋緒は畳に腰をおろし、ぱたりと横になって息をついた。

真っ先に、自分の部屋でなくここを整えたのは、自分にとってこの部屋が一番大切だからかもしれない。

広嗣との思い出は、ほとんどがこの和室に詰まっている。

いまでもはっきり思い出せる。神妙に、両親の遺骨に手を合わせた高校生の広嗣の横顔。秋緒を揺すり起こす焦った表情。守るように隣で手を繋いでいてくれたときの幼げな寝顔。しっとり汗ばんだてのひらの感触。好きですと言った生真面目な唇。秋緒が食事をするのを見守る一途なまなざし。はじめて抱かれた夜の男らしい身体。

じわ、と鼻筋が痛くなって、見上げた天井の木目が揺らいだ。

起き上がって、潤む目を擦《こす》る。

穏やかな香りのする春の風が、開け放った窓から吹き込む。平坂先輩、と広嗣の生真面目な声がよみがえった。それから、アキさん、と呼ぶやさしくて甘い声も。

「――――」

内臓がぐっと熱くせり上がる感覚と一緒に、喉から不恰好な嗚咽がこぼれた。乾いた畳にぼろぼろと涙が落ちる。

さびしいのは当たり前だと思ってきた。家族を亡くして、秋緒はひとりだ。いままでも、これからも。だからさびしくてもしかたなくて、あとは自分がそれを受け入れて慣れるしかないのだと思っていた。広嗣がいてもいなくても、それは変わらないことだと思っていた。

引き攣《つ》る胸を庇うように押さえる。ひっく、うっく、と息を詰めてしゃくり上げるうちに、子供のような気分になって、秋緒は手放しにわあと声を上げた。うわあんと、ばかみたいな声を上げて泣きじゃくる。

さびしいなんて、ひとりだなんて、どうして思っていたんだろう。ずっと広嗣はいたのに。どんなときでも、秋緒の隣にかならずいてくれたのに。

かけがえなくて、広嗣はもう秋緒の家族で、秋緒の一部だった。

アキさん、と広嗣の声がする。一心に、大切なものを呼ぶ声だった。秋緒は泣きながら、涙と鼻水でぐしゃぐしゃに濡れる顔を両手で拭う。喉が痛くて、胸が痛い。

「――アキさん！」

肩を摑んで揺すられ、秋緒ははっと息をのんだ。ひくっと喉が引き攣れる。

「アキさん、なんで、」

秋緒もどうして、と思う。

目の前に広嗣がいる。摑まれた肩は痛いくらいなのに、信じられなかった。

驚いて涙は止まったが、嗚咽が残る。秋緒が目を瞠ったままひっくひっくとしゃっくりをするのを見て、広嗣も泣き出しそうに顔を歪めた。

「俺は、たまにアキさんの家、見に来てたんだ。今日もなんとなく足が向いて、そしたら、外に布団が干してあって、声がしたから」

広嗣は、ジーンズのポケットからハンカチを出して、秋緒の顔をやさしく拭う。乱れた前髪も指で丁寧に梳《す》いて整えてくれる。そのあいだに秋緒の呼吸も、ときおりスンと鼻を鳴らす程度にまで落ち着いた。

「アキさんは？　どうしてここに？」

訊ねられても答えられなかった。言葉を失ってしまったみたいだ。秋緒がふるふると首を振ると、広嗣は眉間を弱らせて首を傾げた。

「アキさん、大丈夫？」

やさしい広嗣の声に、ひくっとまた胸元が痙攣《けいれん》した。新しい涙がぽろりとこぼれる。

広嗣はいつも、秋緒のことを過ぎるくらいに気遣った。いままで秋緒は広嗣に、数え切れないくらいに「大丈夫？」と心配を向けられて、そのたびに、「大丈夫だよ」と答えてきた。本当に大丈夫だったこともあったし、我慢していたこともあった。だからこのときも、反射のように「大丈夫だよ」と喉までその言葉が上がる。

「──ヒロ」

秋緒は、膝で立ち上がって、広嗣の腕に縋った。

「さびしい」

咳き込むようにして言葉にすると、また嗚咽の波が押し寄せた。目を上げると、広嗣の驚いた表情が間近にある。やさしい茶色の瞳に、泣きゆがんだ自分の顔が映っていた。汚くて、みっともなくて、子供みたいで、でも涙も泣き声も止まらない。ひんひん泣きながら、秋緒はもう一度「さびしい」と言った。

「ヒロがいないとさびしい。大丈夫じゃない。さびしい」

ぐっと、広嗣が喉を詰まらせて、秋緒を抱き寄せた。

背中を強く抱きしめられる。こんなふうに、息が止まるくらいの力で抱かれるのははじめてだった。広嗣の指先が秋緒の背中にきつく縋る。

秋緒も、広嗣の胴に腕を回した。パーカーの生地をぎゅっと握りしめると、ますます強く抱きしめられる。重力を失ったみたいにくらくらと目眩がして、秋緒はしゃくり上げながら広嗣の名前を呼んだ。

「俺なら、ずっとアキさんといたいのに。ねえ、一緒にいたいよ、アキさん」

ず、と広嗣も濡れた音で鼻をすする。

広嗣の腕の中に自分がいて、自分の腕の中に広嗣がいる。もう絶対に離したくなかった。

広嗣だけがいればいい。他は全部捨てられる。

きっと広嗣は、ずっとこうやって秋緒を想ってくれていたんだろうと思った。七年前、秋緒を迎えに来たときも、半年前、母親の来訪を聞いたときも。広嗣はいつも秋緒のために、秋緒以外のなにもかもを捨てる覚悟をしてくれていた。

ヒロといたい、と秋緒も言った。

「はなれたくない。ヒロといたいよ」

泣き喘ぐ苦しい呼吸の中で秋緒が言い募ると、広嗣は深々と息をついた。

「俺ずっと、アキさんにこうして欲しがられたかったんだ……」

自分はなんて遠回りをしたんだろう。いまやっと、同じだけ広嗣に気持ちを返せているんだと思ったら、秋緒からも深い安堵の息がこぼれた。

「アキさん？」

急激に、頭から遠くに吸い込まれるように意識が遠ざかる。泣き疲れて眠ってしまうのは二度目だ。最初は九年前で、そのときも、広嗣が真摯《しんし》にそばにいてくれた。はじめて広嗣が、パンを焼いた日のことだ。思い返せばあのときに、秋緒は広嗣を好きになったのかもしれなかった。

「ヒロ……」

「うんいいよ、ちょっと眠りなよ。抱っこしててあげる」

気難しく息苦しそうな顔をしていた少年が、なんておとなになったんだろう。それが全部自分のためだと思うと誇らしくていとしくて、秋緒は心地よいゆりかごのような腕の中で、くすんと鼻を鳴らして目を閉じた。

目を開けると、じっと自分を見下ろす広嗣と目が合った。おはようと秋緒が言うと、広嗣もおはようと微笑む。ひと眠りして落ち着くと、身も世もなく大泣きしたことが恥ずかしくて、秋緒はぎくしゃくと広嗣の腕から抜け出した。

「久し振りにアキさんの寝顔見た」

そそくさと離れる秋緒に、広嗣がそう言って身を伸ばす。

眠っているあいだに夕方になっていて、部屋は薄暗い。明かりをつけようとして、電気が止まっていることを思い出す。

「俺ずっとアキさんの寝顔見るの苦手だったけど、なんか、もう大丈夫な気がする」

くすっと広嗣に笑われる。たぶん、ひどい顔をしているんだろうと想像できて、秋緒は顔を洗ってくると言い置いて逃げるように洗面所へ向かった。蛇口をひねって水が出ないことに気付き、しおしおと和室に戻ると「お水出ないんでしょ」と広嗣がまた笑った。

「アキさん、暗くなっちゃうけど、ここでちょっと待っていてくれる？　俺、一度家に行って、また戻ってくるから。そしたら一緒に帰ろう？」

広嗣の言葉に、秋緒ははっと顔を上げる。広嗣が一度家に帰るなら、黙って出てくることはないと思った。家族に、また秋緒とゆくことを話すに違いない。

「一緒に行く」

秋緒が言うと、広嗣は「へっ」と目を瞠る。

「一緒に行きたい。だめ？」

小首を傾げる秋緒に、広嗣はぐっと詰まって、それからため息をついた。

「わかった、ありがとう」

秋緒に広嗣の考えていることがわかるように、広嗣にも秋緒の決心が伝わるんだろう。一緒に暮らした月日がそこに見える気がして、秋緒は泣きはらして重たい目を細めてちょっと笑った。

戸締りをして、広嗣の家へ向かう。楽しい想像はできなくて、お互い緊張して無口になったけれど、いやな空気ではなかった。賑《にぎ》やかな駅前を通り過ぎ、線路を越える。地元の駅でも、反対側にはあまり馴染みがない。近くに学校があるのか、制服姿の中学生としばしばすれ違った。

しばらく歩くと閑静な住宅街になって、瀬名医院、と書かれた立派な看板が目に留まる。白いタイルの清潔な病院の隣に、モダンな外観の二階建てがあり、そこが広嗣が育った家だった。

「アキさん、大丈夫？」

玄関の前で、広嗣が振り返る。大丈夫、と答えかけて、秋緒はちょっと考えた。

「緊張するけど、がんばるよ」

秋緒の答えが気に入ったのか、広嗣が小さくはにかんだ。それから、自分の家なのに、緊張した指でチャイムを押す。

チャイムに応えて、玄関に出てきたのは広嗣の母親だった。広嗣を見て「どうしたの」と首を傾げてから、隣にいる秋緒に気付いてはっと顔を強張らせる。

「母さん、ごめん。俺、やっぱりアキさんと帰る」

広嗣の声は痛みでいっぱいで、けれどきっぱりとしていた。

「どうして……」

母親の呆然とした声に、広嗣は「本当にごめん」とくしゃりと顔を歪める。

どんなに秋緒を好きでいても、家族を捨てるのは簡単なことであるはずない。それを思い知って、秋緒はぐっと歯を食いしばった。

「やっぱりいいよ、俺は大丈夫だよ」と言ってしまうことのほうがずっと楽に思える。だけどそれはしないいし、できない。

「俺がどんなにアキさんを好きでそばにいたくても、アキさんが俺をいらないならしかたないって思った。付き合っても、結婚しても、絶対別れないなんてことないのはわかってたし、それならせめて、最後くらい、アキさんを困らせずに、アキさんの希望どおりにいなくなりたかった。だから一度はここに帰ってきた」

でも、と広嗣が一度秋緒に目を向けた。見つめ返すと、広嗣は大事な息継ぎをするように一呼吸して、また母親に向きなおる。

「でも俺の気持ちはアキさんにしかなくて、それは、なにがあっても変わらないんだ」

「広嗣、」

「だから、アキさんが俺を必要だって言ってくれるなら、絶対に一緒に帰る。これ以上のしあわせは、どこにもないから」

たまらずといったように広嗣の母親が両手で顔を覆う。

背後から凛《りん》と渋い声がしたのはそのときだった。

「おまえは、そのひとのことが可哀相なだけだろう」

秋緒と広嗣が揃って振り返ると、ストライプのシャツにスラックス姿の男性が立っていた。両親を亡くした秋緒が吐いて倒れたときに往診に来てくれて、一度だけ顔を合わせたことがある広嗣の父親だ。

彼はゆっくりと歩を進めてふたりの横を通り過ぎると、玄関で立ち尽くす妻の肩を励ますように抱いた。

「それはただの同情だ」

違うよ、と広嗣はそこでちょっと恥ずかしがるように口ごもった。

「俺だってそう思おうとしたことはあるよ。アキさんは危なっかしくてさびしくて、だから一緒にいてあげたいと思うだけだって。でも父さん、少なくとも俺は、同情で男に欲情するような厄介な性癖は持ってないよ」

この発言にはさすがに秋緒もぎょっとして広嗣の袖を引いた。窘《たしな》める秋緒の指に目を落として、広嗣は「でも」とさらに言葉を重ねる。

「アキさんだって、さびしいから俺に抱かれてくれるわけじゃないでしょ。俺たちが真剣にしてること、そういうふうに思われるのはいやだよ」

秋緒はもちろん、広嗣の両親も揃って絶句する。

だけど、まっすぐで、一生懸命で、正直で、嘘がない。そういう誠実さは、秋緒が好きな広嗣の、一番の長所だと思った。出会ってから今日まで、隣にいてくれたのが広嗣で本当によかった。

「ヒロ」

「うん？」

「……好きだよ」

かたわらを見上げて、自然とその一言だけが口をついた。ふにゃ、と広嗣の顔が甘く崩れる。こんなときなのに、秋緒の唐突さに広嗣は律儀に「俺も好き」と言葉で答えた。

「――秋緒さん」

肩を抱く夫の手を断って、広嗣の母親が一歩前へ出た。目の前に立たれ、秋緒はどきりと緊張して背筋を伸ばす。

「もう一度、同じお願いをします。広嗣を返してください」

半年前と同じ、まっすぐに伸びたきれいな背中だった。凜としたたたずまいに、秋緒はしみじみと広嗣のルーツを知る。行儀がよくて礼儀正しくて清潔感があって、つまり広嗣はとにかく育ちがいいのだ。目の前のこの両親が、ひとり息子の広嗣を、大事に厳しく育てたのがよくわかる。

だけど、秋緒は胸で膨れ上がる罪悪感の痛みを抑え込んで口を開いた。

「できません。申し訳ありません」

深く深く頭を下げた。自分の膝をじっと見つめていると、頭に血が集まってくらくらしてくる。

最初に広嗣を返してほしいと言われたとき、結局のところ自分は逃げたのだ。広嗣のためだとか言いながら、自分が責められて傷を負いたくなかっただけで、あんなのは保身でしかない。

「広嗣くんが好きです。いままでは与えられるばかりだったけど、これからは自分がもっと彼をしあわせにする努力をします。大切にします。だからどうか、広嗣くんをください」

「アキさん……」

広嗣が驚いたような声を出す。守られるばかりで頼りにならない恋人だったと思う。この先だってすぐには変われないかもしれない。だけど、自分だって痛みから逃げないで、広嗣のことを大事に守って庇っていきたい。

「くれと言われても簡単にはやれません」

ため息混じりの声に、秋緒はそろそろと顔を上げた。

「だけど、あなたのお気持ちは理解しました。——広嗣」

はい、と広嗣もぴっと背筋を伸ばす。

「……身体に気をつけて。たまには帰ってきてちょうだいね」

「おい」

「だって、だめだって言ったって広嗣のことだからどうせまたこっそりいなくなるでしょう？　小さいときからそうだわ。一度決めたら梃子《てこ》でも動かない頑固なところはあなたに似たのよ」

「いまはそういうことを言ってるんじゃ……」

「わたしは、広嗣に黙っていなくなられるのはもうたくさんなの」

両親の小さな諍《いさか》いに広嗣が無理やり「ありがとう」と晴れやかな言葉をねじ込んだ。それから玄関で靴を放り脱ぐと「アキさんちょっと待っててね」と言ってバタバタと廊下を駆けていく。

「……まったくあいつは」

広嗣の父親は苦々しげに家の中を振り返り、それから秋緒に目を向けた。目が合ってしまっても話すことは見つからなくて気まずい。

「あれは、ひとりっ子で、意外とわがままで、世間知らずですよ」

むっつりとした顔のまま、広嗣の父がそんなふうに言う。親から見た広嗣はそうなのかと思うとおかしくて、秋緒はちょっと微笑んだ。

「広嗣くんはやさしくて誠実です」

秋緒の答えに、広嗣の父は「そうですか」と息をつく。

「たしかに、あの子があんなになにかに心を傾けるのを見るのははじめてかもしれないな」

忙《せわ》しない足音を立てて広嗣が戻ってきた。ちょっと出かけるだけのようなリュックサックを背負って、急いた足でスニーカーをつっかける。

「部屋はまた片付けに来ます」

行ってきます！　と広嗣が明るく言って秋緒の手を取った。ぐいっと引かれ、つんのめるようにして広嗣について走る。

「はやく、アキさん！」

「え、ちょっと待って、ヒロ……っ」

振り返ると広嗣の両親がぽかんとした顔でこちらを見ていた。秋緒が慌ててぺこりと頭を下げるあいだも広嗣の足はどんどんはやくなる。転びそうになるし、強く引っ張られて肩が痛い。

だけど走る広嗣の横顔が、いままで見たことないくらいにすっきりと晴れやかだ。

空は夕焼け色で、遠くからは夜の色が忍んできているのに、まるで広々とした青空のしたにいるみたいだった。はは、と広嗣が声を上げて笑う。

「アキさん、大好き！」

大声で広嗣が叫ぶと、周囲の通行人がぎょっと振り返った。集中する視線に秋緒は一瞬ひゃっと身を竦めて、それから「俺も！」とできる限りの大きな声で返事をする。秋緒が答えると思わなかったのか、広嗣はびっくりしたように振り返って、また軽やかに笑う。あは、と秋緒も笑った。

ふたりで手を繋いで、笑いながら街を駆け抜ける。自分たちの周りをきらきらと、明るい光が舞って、今日からの未来を照らすようだった。

10　二〇一五　夏　広嗣

それからしばらくは目が回るほど忙しかった。

店は一度閉め、まず身辺のことを整えた。雨降り町に住民票を移し、毎年おとずれるのを待っていた税理士に連絡を取り相談に乗ってもらう。まず、秋緒の自宅を処分し、彼方から正式に土地と建物を譲り受けた。それからあらためて秋緒の名前で営業許可を取る。

「なんとなく気付いてたけど、俺たちいままで悪いことしてたんだね」

「そうだね。周りに頼りきりだったし」

無知は恥ずかしいねとふたりでしみじみ頷き合う。これで自立していたつもりだったのだから呆れる。自分たちは恵まれた環境で、よたよたとおままごとをしていたようなものだった。

秋緒が雨降り町で書類に追われているあいだ、広嗣は地元に戻り主に片付けをしていた。

半年前、秋緒から、家に帰れと言われたとき、本当にショックで目の前が真っ暗になった。六年も一緒に暮らしていたのに、自分は秋緒の本当の孤独には気付いていなかったのだと思い知らされたせいだ。そばにいるからふたりなのだと思っていた。だけど違った。広嗣がいても、秋緒はひとりだったのだ。

だけど、傷ついたから秋緒のそばを離れたわけじゃなかった。納得したわけでもない。ただ、どんなに広嗣が頼んでも、このまま一緒にはいられないことだけは理解した。秋緒は頑固なのだ。

実家に帰って、数日は魂が抜けたようになにも考えられなかった。あの店に、二階の住まいに、自分の中身をまるごと置いてきたのだと思った。

変化のきっかけは、小さい頃に親がよく連れて行ってくれた洋食屋だった。散歩の帰りにふらりと立ち寄って、変わらない味とあたたかい雰囲気に目が覚めたような気分になった。やっぱり自分はあそこで秋緒と店をやりたい。偶然と幸運と成り行きではじめたことだったけれど、パン生地を捏ね、鍋を火にかけ、フライパンを振る暮らしは、広嗣にとって大きなしあわせだった。

いきおい、その場でその洋食屋に頼み込んで、翌日からアルバイトとして働かせてもらえることになった。家族で回している小さな店で、手が必要なのはランチタイムだけだという。夕方からは、少し離れた駅にある小洒落《こじゃれ》たイタリアンバルでも働くことにした。

そうして、長く続く、あるいは評判のいい飲食店の中からキッチンのようすを見るようになると、自分がこれまでいかに自己流で料理をしてきたかがよくわかった。非効率的だったり、大事なひと手間を省いていたり、つまり広嗣はドのつく素人《しろうと》なのだ。

なんでも知りたがる広嗣に、どちらの店もとても親切だった。詰め込んだ知識を自分のものにするために、家でも台所に立つようになった。そんな広嗣を見て、母はいつも複雑そうな顔をしていた。いま思うと、秋緒を連れて家に行ったとき、母が厳しく反対をしなかったのは、台所の広嗣を見てなにかを感じていたからなのかもしれない。

掛け持ちのアルバイトと並行して、カフェを開業するためのセミナーにも足を運んだし、図書館にも通って起業やレシピの本を読み込んだ。そういえば、自分はもともと勉強は苦にならないタイプだったたと思い出す。

開業に必要な資格について知ったのはそのときだ。ひやっとして、いまとなっては慌ててもしかたないのに急いで講習を受けた。

そうして過ごした半年だったので、短いながらも投げ出せないものはあった。働いていた店には簡単に事情を話して辞めさせてほしいと頭を下げた。そうしながら、七年前の秋緒は働いていた会社になにも告げずに広嗣についてきてくれたのだとはじめて気付いて、また好きになる。

それから十日ほどかけて、実家の自分の部屋と、秋緒の自宅を片付けた。

自分の部屋に関してはそれほど迷うことはないのですぐに済んだが、秋緒の家のほうはそうはいかず時間がかかる。本人が全部処分していいと言うのでそうするつもりではいるが、古い写真やアルバムを見つけるたびに手が止まった。幼い秋緒もとびきりかわいい。

秋緒が自宅から持ち帰ってほしいと言ったのは、仏壇と、玄関の檸檬の木だけだった。仏壇は当然、万が一秋緒がいらないと言っても運び込むつもりだったが、木を移植したいというのは意外だった。不思議がる広嗣に、秋緒は猫のように目を細めて笑った。

「あの檸檬の木はすごいんだよ。一年中実がなるんだから」

植物のことは詳しくないが、庭で一年中収穫できる檸檬なんて聞いたことがない。信じられなくて広嗣が眉を寄せると、秋緒は「本当だよ」と胸を張る。

「広嗣にもすぐにわかるよ」

おっとりと笑うやさしい表情に胸を打たれた。

一年中実がなる檸檬の木。広嗣がそれを実感するには、短くてもまるまる一年の時間が必要だ。秋緒がその一年を、当たり前みたいに「すぐ」と言ってくれたのがうれしかった。

檸檬の木は、庭の端に移植した。はやく四季が巡るといいなと思う。

気付けば梅雨が明けていた。七月を目前に、やっと身の回りがすっきりと整う。

その晩は、ふたりでカフェの再開について相談した。二階のダイニングテーブルで、額を突き合わせて思いついたことを紙に書きとめてゆく。ふたりでなにかを考えるとき、鉛筆を握るのはいつも秋緒だった。秋緒のほんのり丸い穏やかな字が、広嗣は好きなのだ。

「俺は、ランチタイムだけじゃなくていつでも食事ができるようにしたいな」

「うん」

「パンは、作る数を増やしてテイクアウトできるようにしたい」

「前から、お客さんにもよく言われてたもんね」

「メニューも増やしたい。パスタとか、オムライスとか」

次々提案する広嗣に、秋緒がほっそりした眉を困らせて手を止めた。

「広嗣ばっかり忙しくならない？」

「そうかな。俺はどっちかっていうと、接客に出られる時間が減るからアキさんの負担のほうが心配だけど」

「俺は大丈夫だよ」

いまでもやっぱり秋緒の「大丈夫」は心配で、ほんと？　と顔を覗き込む。すると秋緒は「ほんと」と言ってすんなり長い首を伸ばした。ちゅん、と唇を啄《ついば》まれてびっくりする。

「あんまり心配ばっかりしてるとハゲちゃうよ、ヒロ」

秋緒はにこりと笑うと椅子を立った。ことことと沸騰する手鍋を木べらでゆっくりとかき回す背中を、広嗣は目を細めて眩《まぶ》しく眺める。

耕太郎さんの畑からいちごをたくさんもらったので、秋緒がいつものようにジャムを作っているのだった。部屋に充満する甘い香りが、広嗣の心をしあわせでいっぱいに満たす。

「明日の朝ごはんはトーストがいいな。バターと、いちごのジャムをたっぷり乗せる」

秋緒が歌うようにそんな提案をした。食べることに関して秋緒から意見が出ることは珍しい。「いいよ」と答えて広嗣も椅子を立った。

一度だめにしてしまったので作りなおしたりんごの酵母が、そろそろ使える頃合のはずだ。店を再開させる前に酵母のようすは見ておきたかったのでちょうどいい。秋緒の隣に立って小麦粉を量る。

材料を混ぜて無心で捏ねていると、ある程度生地がまとまってきたところで秋緒が「少しちょうだい」と手を出してきた。半分分けて渡すと、よいしょ、と秋緒はおっとりと生地を捏ねる。

「前にも、こうやって一緒にパンを作ったね」

秋緒が懐かしい思い出を、大事そうに口にした。広嗣も微笑んで頷く。

広嗣がはじめてパンを焼いたときのことだ。あのときは、なんとか秋緒に食事をしてほしくて、まっとうで健康に生きてほしくて、必死だった。突然丸鶏でサムゲタンを作ったり、いま思うと迷走もしたなあと少し恥ずかしい。

だけど、迷って悩んで、その末で、秋緒がシンプルなパンを食べて「おいしい」と言ったとき、広嗣は身震いするほどうれしかった。秋緒が好きで、好きで、もう一生このひとしか見えないだろうと、そのとき思った。

ボウルにうずくまるパン生地と、小さな瓶でルビーのように輝くいちごジャムが、小さな台所に並ぶ。

「なんか、いいね」

秋緒が頭をこつんと広嗣の肩に乗せた。甘える仕種がしっとりときれいでどきりとする。

「アキさん……」

唇を寄せると、秋緒は静かに目を閉じた。出会った高校生の頃と変わらず、秋緒はやっぱり、音楽のように、絵画のようにきれいなひとだった。

口付けが、次第に熱をともなって深くなる。舌を絡めて、押し合って、招き合う。秋緒の口の中は、ほんのりいちごジャムの味がした。きらめくような甘さに夢見心地になる。

「ヒロ、」

唇を離すと、秋緒が広嗣の頬に指を添えて、潤んだ目を伏せた。ばら色に染まる頬がきれいで、思わずかじりつく。

「……お布団、敷く？」

秋緒は、普段それほど自分の性欲を意識しない広嗣の欲望を引き出すのが本当にうまい。意図的に誘い込まれ、ふらふらと頷いた。

和室に移動して、布団を敷く。二組の敷布団を並べ、掛け布団を押入れから出している秋緒の背中に、広嗣はとんと身体を添わせた。後ろから腰に腕を回して引き寄せると、秋緒は簡単に布団を放棄してするりと振り向く。

「こら」とやさしく叱《しか》られるだろうと思っていたので、さらっと体重を委ねられたのは予想外だった。自分で引き寄せたくせに秋緒を受け止めきれず、二、三歩よろけて布団に尻餅《しりもち》をついてしまう。

ドシーンと盛大な音がして、小さな家がミシミシと揺れる。

「ヒロ、ごめん、大丈夫？」

腕に庇った秋緒が、広嗣の身体の上で焦ったように身を起こそうとした。薄い布団はそれほどクッションの役割はしてくれなくて、尾てい骨《びこつ》がじんじんと痛む。だけど広嗣は、離れようとする秋緒の身体を抱きしめて、軽く体勢を入れ替えた。

ほっそりとした身体に乗り上げると、秋緒がぱちりとまばたきを止めた。

「なに？」

「ううん」

ふるっと秋緒は首を振る。けれど、広嗣がTシャツの中に手を差し入れようとすると、「待って」と切羽詰まった声を上げた。

「どうしたの？」

「…………」

「やめる？」

自分のスイッチは入っていたけれど、秋緒がその気でないなら無理強いをするつもりは少しもない。ただ、秋緒のほうから誘ってくれたと感じたので不思議ではある。広嗣が首を傾げると、秋緒は戸惑うように目を伏せた。

「ごめん、平気。——なんか、緊張して」

「緊張？」

「おかしいよね。だけど、どうしよう、はじめてのときみたい……」

秋緒の睫毛《まつげ》がいとけなく震える。清潔で、だけどふうわりと香る色気に、広嗣はきつい目眩をこらえた。どくどくと、血が巡る音が耳元でうるさい。こんなの、自分もまるではじめてみたいだ。とにかく秋緒がきれいで、夢みたいで、惹《ひ》き込まれる。

じっと広嗣が注ぐ視線に、秋緒はますます恥じらって居心地悪げにみじろいだ。もじ、とひねられた腰に目を向けると、とろみのあるやわらかい素材のパンツの前がふっくらと盛り上がっている。華奢《きゃしゃ》な腰のラインとあいまって、ぞくぞくする眺めだ。

「ヒロ……？」

「——ごめんね」

「え？　あっ、え……っ」

くらくらして、とにかく、秋緒の肌をはやく見たかった。ムードも気遣いもなにもなく、ばたばたと服を剝《は》ぎ取る。春色のカーディガン、長袖のTシャツ、グレーのパンツ、下着。すっかり秋緒を裸にして、両手をシーツに縫いとめ見下ろした。

「アキさん、きれい」

「……ッ、や、」

ふいっと秋緒が顔を背ける。

「身体、キスしていい？」

秋緒は答えず、きゅっと唇を結んだ。

広嗣はこれまで、秋緒に拒まれたことが一度もない。広嗣がこういうことのタイミングに慎重すぎるせいもあるのだろうが、それ以上に、秋緒が愛情深いのだと思う。求めればかならず甘くやさしく開かれる秋緒の身体も、広嗣は大好きだった。

「ね、いい？」

服を脱ぎながら重ねて訊ねると、秋緒はこく、と頷いて、広嗣の下着に手をかけた。もどかしげに引きおろされ、興奮した性器が弾み出る。ぶるっと腰が動物みたいに震えそうになって、広嗣はゆっくり深呼吸した。

キスは、額から順に、場所をおろしていった。鼻筋、頬、唇、首筋、鎖骨。

「ン……っ」

ぴく、と秋緒が身体を弾ませたのは、乳首にちゅんと口付けたときだった。舌で舐《な》めると、小さな粒がきゅんとかたくなる。舌に当たるふかふかの乳首がかわいくて、夢中でちゅくちゅくと音を立てて吸った。秋緒が感じて胸をしならせるたびに、自分の口に乳首が押し込まれるみたいでどきどきする。

「あっ、ヒロ、……アッ」

せつなげに濡れる声もかわいい。秋緒は広嗣を興奮させる天才だ。

「ん、……ハァ、」

もどかしげに秋緒が熱い息をついた。震える膝を擦り合わせる仕種も、広嗣を強烈に誘惑する。くらっとして、気付けば秋緒の膝を摑んで左右に大きく割り広げていた。

「――――」

秋緒は桜色に染まった身体を震わせて、けれど膝を閉じようとはしなかった。じっと広嗣の視線を耐えるように目を伏せる。健気《けなげ》で色っぽくて、最高にきれいで、広嗣は熱に浮かされるように身を屈《かが》めた。舌を出して、濡れた性器の先端をちろっと舐める。

「んっ、」

秋緒の細い腰が、なまめかしくよじれる。大きく広げた腿《もも》の付け根を両手で押さえて、今度は深く頬張った。

「あ、あっ、だ、め……ッ」

がくんと秋緒の腰が鋭く跳ねて、広嗣の口の中にあたたかい液体が放たれる。青苦い精液を飲み下しながら、広嗣はそのままさらに秋緒の性器に舌を絡めた。達したばかりの秋緒が、荒い息に甲高い掠《かす》れ声を混ぜて喘ぐ。

こんな、立て続けに追い上げるようなやりかたはしたことがない。秋緒の悲鳴みたいな切羽詰まった声もはじめて聞く。つまりは広嗣が、自分をまるで制御できていないのだ。

「ア…ッ、――ッン！」

二度目の吐精もすぐだった。そうか、半年振りだと、唐突に思い至る。秋緒の敏感さも、広嗣が自分をコントロールできないのも、気持ちと身体が逸りすぎているせいだ。

「アキさん、はじめてみたいって、」

広嗣は言いながら、震える秋緒の腿に歯を立てた。すぐ目の前に、ひくひくと息づく小さな孔があって、たまらず舌をねじ込む。

「や…ッ、ん、ぅ……っ」

「緊張するって、それって、すごく興奮してるってこと……?」

「やっ、ヒロ……っ、それ、だめ、あっ」

きゅっと襞《ひだ》が絞られ、舌が追い出される。秋緒の身体が強張っているのも、普段みたいにローションを使えばいいのだということもわかっていて、それでも身体を離せなかった。唾《だ》液《えき》をたっぷり乗せた舌で、執拗《しつよう》に襞を舐めほぐす。

秋緒は両手で顔を覆って、上半身を忙しなくよじらせた。

「ア、やだ、ヒロ、はいっちゃう……っ」

「ん、いれて?」

「だめ……っ」

とろとろとやわらかくとろけた場所に、舌先を押し込んだ。

「――ッア、うそ、また、イ……ッ」

秋緒が、きゅう、と身体を突っ張らせて、腹筋を震わせた。秋緒の三度目の絶頂とともに、つるん、とまた舌が追われる。秋緒の身体がこんなに乱れて絶頂を繰り返すのははじめてだった。自分がそうしているのだと思うとたまらない。

「アキさん、ごめん、ね……」

くったりとシーツに崩れる秋緒に重なり、先走りに濡れた性器を蕾《つぼみ》に擦りつけた。とろけた襞は広嗣をやさしく迎えてくれたが、奥はまだ目が覚めていない。押し入ろうとしたら秋緒が眉を歪めたので、広嗣は息を止めて興奮をいなした。

「ンっ、……んっ、ぅ」

唇を寄せると、秋緒が雛鳥《ひなどり》のように口を開けた。舌を絡めながら、浅いところで腰を回す。気持ちよくて、すぐにでも達してしまいそうなのをなんとかこらえた。

秋緒の身体はゆるゆるとさらにとけて、広嗣を奥へ奥へと誘い込む。ゆっくりと突き上げて、粘膜の熱さに驚く。もう一度引いて、突いて、ようやく避妊具をつけ忘れたのだと気付いてどきりとした。一瞬動きを止めた広嗣に、秋緒が濡れた目を向ける。

「ヒロ、……気持ちいいね」

頰を染めてはにかむ秋緒の一言に撃ち抜かれる。

ほとんど本能で、腰が荒々しく前後した。奥で腰を回して、引いて、また穿《うが》つ。いままでも、秋緒を気遣えなかったと反省するセックスは何度もあったけれど、ここまで動物めいて腰を振ったことはない。

「どうしよ、アキさん、ごめん、」

秋緒がきつい揺さぶりに耐えながら、うっすらと目を開けた。両手で頭を抱いて引き寄せられ、ちゅっと唇が重なる。宥めるような口付けに、なにもかも許されたような気分になる。まるで秋緒に抱かれているみたいだ。

秋緒の肩口に額を押し付けて、がつがつと細腰を突き上げる。秋緒は広嗣の頭を抱いて撫でながら、快感を教えるように素直に喘いでくれた。揺さぶりに合わせて高く弾む声が、広嗣の興奮に拍車をかける。

「……っアキさん、ねえ、アキさんのなかで出したい」

熱に浮かされたようにねだると、秋緒は広嗣の顔を引き寄せた。ちゅく、とまた唇を啄まれ「いいよ」と熱っぽい吐息を直接吹き込まれる。

「アキ、さん……っ」

「…ッ、あっ、ヒロの、出て、る、……ア!」

秋緒の中でたっぷり放って、広嗣は深い息をついた。ゆっくりと引き抜こうとして、なのに意思に反して、なかばでまた溺《おぼ》れるように沈み込んでしまう。

「………ッ」

「ヒロ……？」

どろどろに濡れてぬかるんだ場所から抜け出せない。抜こうとしては崩れ落ちるのを繰り返すうちに、秋緒の内側がきゅうきゅうと広嗣を求めて絡みつきはじめた。

「ン、ぁ…っ」

お互いがお互いに引きずられて、雪崩《なだ》れるように腰がぶつかる。秋緒が快感に眉をひそめて、細い腰を浮かせるさまは、ちょっとぞくっとくる眺めだった。

「あっ、やっ、ぐちゃぐちゃになってる……っ」

「うん、アキさん、すごい」

「こんなの、あっ、ヒロ……っ」

泣き声混じりの喘ぎもかわいくてたまらない。小さくゆすゆすと揺らすと、秋緒はくすぐったがるように身をくねらせた。

「アキさんかわいい、好き、もう一回いくとこ見せて？」

「や、もう……っ、や、アっ」

シーツをきつく摑み、秋緒がびくびくと背をしならせて白濁を飛ばす。痙攣するようなきつい収縮に、広嗣もまた、秋緒の中にどっと精液を注ぎ込む。

「――アキさん、大丈夫？」

ゼイゼイと息をする秋緒を、腕の中に抱えた。頰を撫でると、秋緒は閉じていた目をそろりと開けて、また閉じる。

「だいじょうぶ……」

「どこか気持ち悪くない？」

「へいき」

ぐったり目を閉じたまま、掠れた声で秋緒が答える。

「あとは俺がしとくから、寝ちゃっていいよ」

ん、と秋緒は小さく頷いた。

こんなにがっついて消耗させるつもりはなかったのにと反省する。なにからなにまで、こんなふうにはもうしちゃいけないと思うことばかりだ。

「ヒロ」

「うん？」

「本当に、大丈夫だからね。ヒロはもう少しわがままになっていいよ。ちゃんと、受け止めてあげるから」

「アキさん……」

「好きだよ」

語尾がやさしくとろけて、すう、と寝息と混ざる。

秋緒の身体を拭いたり、布団を敷きなおしたり、しなければいけないことはあるのに、広嗣はしばらく少しも動けなかった。腕の中の秋緒がいとしすぎて、身体がぴったりとくっついてしまったみたいだ。

くしっと秋緒が眠りながらくしゃみをするまで、広嗣は飽きずにずっと、腕の中の寝顔を見つめ続けた。


翌朝目が覚めると、秋緒はすでに起き出していた。上半身に広嗣のシャツをはおっただけの下着姿で、四角い窓から乗り出すようにして外を眺めている。

昨夜の秋緒も魅力的だったけれど、今朝の秋緒もすごくきれいだ。眩しくて、広嗣は目をしぱしぱさせる。

「おはよう、ヒロ」

「おはよ……」

秋緒が気付いて広嗣を振り返り、ふふっと声を上げて笑った。

「今日もすごい寝癖」

身を起こして目を擦る広嗣の横に膝をついて、秋緒があちこちに跳ねる髪を撫でつける。

愛情がこぼれる丁寧な指が心地よくて、広嗣はうとうとと目を閉じた。

「いま、何時？」

「七時半だよ。起きてヒロ、パン焼こう？」

んー、と広嗣が渋ると、秋緒がちゅっと軽いキスをくれる。ふわっとそれだけで気分が上向いて目が覚めるのだから、われながら単純だ。

広嗣がキッチンで膨らんだパン生地のガスを抜いていると、背中にとんと秋緒の身体が寄り添った。じっと広嗣の手元を覗き込み、それから急に思いついたように口を開く。

「ねえヒロ、お店開けようか」

「……へ？」

驚いて手が止まった。

「いつ？」

「今日」

首だけ振り返ると、秋緒は「だめ？」と首を傾げた。

「だめじゃ、ないけど……」

だめではないけれど難しいと思った。広嗣はまる半年も店にいなかったのだ。キッチンは秋緒が手入れをしてくれていたようできれいに片付いてはいたが、棚や冷蔵庫に並んだ調味料の中にはもう使えないものもあるだろう。

買い出しに行って必要なものを揃えるだけでも時間はいつもよりずっとかかる。そのうえ仕込みはなにもしていない。日替わりのカレー、スープ、デリおかずを四品。半年のブランクがあるせいか、咄嗟にはメニューが思い浮かばなかった。パン生地だって、自分たちの食事のための量しかない。

「だって、気持ちのいい朝で、しあわせで、こんな日は、お店を開けたいじゃない？」

秋緒は頑固でマイペースだ。だからこれはもう提案じゃなく決定事項だと、広嗣はあきらめて苦笑いした。

「買い出し行ってくる」

うん、と秋緒がしあわせそうに頷くので、それだけでもうなにもかも満たされた気分になる。昨夜秋緒は広嗣のわがままを受け止めてくれると言ったけれど、広嗣だって当たり前に秋緒のわがままは聞きたかった。

頼ったり頼られたり、困らせたり困らされたり。そのたびに腹を立てていとしくなって、喧嘩《けんか》をしてますます好きになって、これからも日々は続いていくんだろう。そんなふうに考えたら、広嗣も自然と店を開けたいなとうずうずする気持ちになった。

大急ぎでキッチンを点検して、商店街を駆けずり回って買い物をする。

帰ってくると、秋緒が店の掃除をしていた。いつも秋緒の掃除は丁寧だ。ここを大事にしているのがよくわかる。日光のたっぷり入る明るい店内。つやつやとみずみずしい観葉植物。モップを握る秋緒の立ち姿。目がくらむようなしあわせだった。

「おかえり、ヒロ。なにか手伝おうか」

「うん。じゃあお願いしようかな」

秋緒は頷くと、二階に上がってシャワーを浴び、エプロンを手に下りてきた。

「今日のメニューは？」

白いシャツの袖をまくりながら、秋緒が訊ねる。

「パンはプレーンだけ。スープはにんじんのポタージュ。デリおかずは、ささみと大根の梅サラダ、たまごとブロッコリーのサラダ、チリコンカン、ロールキャベツ。カレーは挽肉《ひきにく》とひよこ豆」

「ロールキャベツってはじめてだね」

うん、と広嗣は頷いた。

「実家にいたときバイトしてた洋食屋さんで教わった。おいしいよ」

秋緒の手を借りながら、てばやく調理を進めてゆく。もっともたつくかと思ったが、むしろ手際はよくなっていて、開店時間の前にあらかたのことは終わってしまった。半年のアルバイトのおかげだと思うと本当にありがたい。

十一時きっかりに、秋緒がおもてに小さな看板を出し、扉のプレートをひっくり返す。

「——お客さんくるかな」

戻ってきながら秋緒がいまさら心配そうに眉を寄せるので、おかしくて笑ってしまった。

すると秋緒はちょっと不機嫌に唇を尖らせて、でもすぐに広嗣につられたようにふっと笑う。

「ま、いいか」

あっけらかんと秋緒は言って、カウンターの中へ戻ってくる。

並んで無人の店内を眺めているだけでも胸がいっぱいになった。これ以上でもこれ以下でもなく、いまが一番しあわせだなあと思う。

店があって、隣に秋緒がいる。そして、秋緒の隣に自分がいる。それは、ここにはじめてやってきた六年前と同じようで、だけどまったく違った。

「なんだか、ここにいるなあって感じがするね。すごく、立ってる。——わかる？」

秋緒も、きっと同じようなことを考えていたんだろう。ここにいて、すごく立ってる、という表現は、いまのふたりをよくあらわしていると思った。お互いがいて、居場所がある。ずっと抱えてきた足元の心許なさは、すっかりなくなっていた。

秋緒とここで生きていける。縋るような希望じゃなくて、いまははっきりとそう思える。

「うん、わかる」

そっと指を伸ばして秋緒の手を握ると、秋緒もきゅっと広嗣の指を握り返した。

リン、とドアベルが鳴る。

こんにちは、とふたりの声がきれいに重なった。

きみと、家族と

二〇一六　春　秋緒

「アキちゃん、にゃんこを飼わないかい？」

正道《まさみち》さんの突然の言葉に、秋緒《あきお》は「は、」と目をまたたいた。

「うちのミーちゃんが先月赤ちゃんを産んだんだよ。五匹も」

ほら見て、と正道さんが、器用にスマートフォンを操作して写真を見せてくれる。

正道さんのミーちゃんは黒猫で、写真だといつもつやつやと黒いばかりでどこが頭でどこが尻《しり》なのかもわからない。かわいいですねとは言うけれど、実は秋緒はたぶんミーちゃんの顔をよく知らないのだった。

今日も、秋緒はスマートフォンを覗《のぞ》き込んで目を細めた。ミーちゃんだろう猫の腹に、もちゃもちゃと毛のかたまりが寄り添っているように見える。母猫のミルクを飲んでいるのだろうと見当をつけて、秋緒は「かわいいですね」といつもと同じ感想を口にした。

「だろう？　三匹が黒猫で、二匹はキジトラだよ」

こういう模様をキジトラというのかと、秋緒はふんふんと頷《うなず》く。たしかに虎に似ている。

「アキちゃんとヒロくんも、なんだかずいぶん落ち着いて、最近はとくにいい雰囲気だし、ここらで家族を増やしてみるのはどうかな」

「家族、ですか」

秋緒と広嗣《ひろつぐ》が『ユクル』を再開させて約一年が経つ。メニューや席数で試行錯誤を繰り返した一年だったが、春を迎えてたしかにようやく落ち着いた気はしていた。だから今年は、ゴールデンウィークに少しだけ店を閉めて旅行に出かけようかと話をしている。

「いいですね。俺にも写真見せてください」

そわそわとカウンターから広嗣が出てきて、秋緒が持ったスマートフォンをうしろから覗き込んだ。そして「かわいい」と声を弾ませるので、なんとなくいやな予感がする。

「アキさん」

「だめだよ」

広嗣がなにか言う前に、きっぱりと秋緒は首を振った。秋緒が反対するとは思わなかったのか、広嗣は驚いたように口を開けたまま次の言葉を失う。

広嗣が「仔猫《こねこ》がほしい」と言って秋緒が「それもいいかもしれないね」と微笑《ほほえ》む。そういうやりとりは、秋緒自身にも簡単に想像できた。逆の反応を広嗣が意外がるのは当然といえば当然かもしれない。

「アキちゃんは、猫は苦手かい？」

正道さんが残念そうに肩を落としてしまうのを見て、秋緒は慌てて胸の前で手を振った。

「いいえ、そうじゃないんですけど。……うちは飲食店だし」

「でも、看板猫がいるカフェとか、犬を連れて入れるカフェとかもあるよね」

広嗣が首をひねりながら言うのには、渋々頷く。

秋緒の表情を見て困惑を察したのか、広嗣はそれ以上ねだるようなことは言わなかった。

「ありがとうございました」と正道さんにお礼を言ってカウンターへ戻っていく。ちょうどそのタイミングでリンとドアベルが来客を知らせたので、秋緒も正道さんにお礼を言ってスマートフォンを返した。

猫が苦手なわけではない。秋緒は動物に馴染《なじ》みがないのだ。

これまで一度も動物を飼ったことがないと言うと、大抵驚かれる。犬や猫に限らず、金魚もカブトムシも家で育てたことがない。自分が飼いたいと言って反対された記憶もないから、たぶんもともと、生き物を育てたい気持ちが薄いのだと思う。動物を見てかわいいと思うことも、実を言えばあまりない。

逆に、広嗣は動物が好きみたいだった。ふたりで外を歩いていると散歩中の犬をよく振り返って見ているし、犬種にも詳しくて「いまのパグかわいかったね」とか「パピヨンの耳かわいいね」とか言う。秋緒はいつも「そうだね」と答えるが、かわいいのはいつだって、目を輝かせる広嗣のほうだった。

話題というのは重なるもので、夕方やってきた知里《ちさと》が、カウンター席でおもむろに『猫と暮らしたい人のための本』なんていうタイトルの本を開いたので驚く。知里の席にオムライスを運んだ広嗣も気付いて「猫を飼うんですか？」と声をかけた。

「飼いたいのよねえ。ひとり暮らしの女に猫って鉄板っていう気がしない？」

「ちょうど常連さんのおうちに仔猫が生まれたってお話を伺《うかが》ったばかりです。よかったら紹介しましょうか」

秋緒が言うと、広嗣も「すごくかわいかったですよ、黒猫とキジトラ」と明るく付け足した。

「あら素敵ね。黒猫いいなって思ってたのよ」

「かわいいですよね。俺も、うちの子にするなら黒猫がいいなって思いました」

「ヒロ、うちでは飼わないよ」

秋緒が口を挟むと、広嗣は振り返ってしょんぼりと眉《まゆ》を下げた。そんな顔をされると困ってしまう。なにも意地悪で言っているわけじゃないのだ。

「うちにはもうりんご酵母と糠床《ぬかどこ》がいるでしょう？」

広嗣が大事に管理している冷蔵庫のりんご酵母と、秋緒が先日耕太郎《こうたろう》さんの奥さんから分けてもらった糠床は、どちらもなかなか手がかかる。

耕太郎さんの奥さんは、糠床をタッパーに分けてくれながら、「糠床は生き物だから、毎日気にかけてやさしくしてあげてね」と言った。聞けばその糠床は、耕太郎さんの奥さんがお姑《しゅうとめ》さんから受け継いだものだという。自分が生まれる前からあったものをリレーしていく感覚は不思議で、秋緒は毎日、過去と未来をたゆたうような気持ちで糠床を混ぜている。だから自分が手元で大切に育てるものなら、秋緒は糠床だけで充分なのだった。

「そんなアキさん、酵母と糠床をペットみたいに……」

「だって、毎日面倒見るっていう点では同じだよ」

同じかなあ、と広嗣が唇《くちびる》を尖《とが》らせる。秋緒が乗り気でないのをわかっているから猫が飼いたいとはっきりとは言わないが、あきらめられないらしいのが仕種《しぐさ》から伝わった。

「ヒロくんは、おうちで動物飼ってたことはあるの？」

「うさぎと文鳥と亀がいました。うさぎは俺が中学の頃死んじゃったけど――」

そこで広嗣が言葉を途切らせる。

神妙な沈黙に、秋緒は広嗣を手招いた。

「ごめんね、そういうんじゃないから。そろそろ明日の仕込みはじめたら？」

俯《うつむ》く広嗣をキッチンに追い立て秋緒が小さくため息をつくと、知里がくすりと笑った。

「ヒロくんは繊細なのね」

「そうですね。悪いことをしました」

広嗣はたぶん、うさぎが死んだと口にした瞬間に、秋緒の両親のことを思い出したのだろう。そしてそれを、秋緒が生き物を飼いたがらない理由だと思ったに違いない。

そんな深い理由はないのだ。どうしても猫を飼いたくないわけでもない。ただとにかく、まるでピンとこないというだけで。

店があって広嗣がいる。それで秋緒は本当に、指先までぴっちりと、なにもかも満たされている。いまの暮らしに新しいものを迎えるということに必要性を感じないし、ふたり以外の生き物がいる生活の想像もつかないのだ。

その夜は、それを広嗣に説明するのにだいぶ難儀した。しおれる広嗣を宥《なだ》めて、最終的には布団《ふとん》でとことん甘やかしてやる。

途中から夢中になって肩に爪《つめ》を立てた秋緒に、広嗣は「アキさんが猫みたい」と目を細めて、やっといつものように笑った。たわむれに「にゃあ」と鳴いてみせたら感極まったようにめちゃくちゃにキスをしてくる。普段はあまり秋緒の身体《からだ》に跡を残さない広嗣なのに、翌朝鏡を見たら赤い跡があちこちに残っていたので驚いた。

だから秋緒は、それでこの話は済んだのだと思っていた。

けれど翌日、親知らずを抜きに正道さんの歯科医院に行った広嗣は、黒い仔猫の入ったバスケットを持って帰ってきた。

「……ヒロ」

眉をひそめた秋緒に、広嗣は「だって」と気まずげに目を逸《そ》らす。

今日は店は定休日で、秋緒は朝から庭に出ていた。仔猫は広嗣の手から地面におりると、長い尻尾《しっぽ》を立てて土の上をよちよちと歩いていく。

見下ろすだけしかできない秋緒の視界で、黒い仔猫はすぐに草に隠れてしまったのでひやりとする。庭と公道の境には木製のボーダーフェンスがあるが、あんなに小さな猫なら簡単に抜けてしまえる。道路に出てしまって、見失ったら大変だ。

かさかさとセージの葉が動くあたりに仔猫はいるんだろうと思ったが、手を伸ばすことはできなかった。驚かせて逃げられてしまったらと心配だし、そもそもどう触れていいのかもわからない。

おろ、と振り返ると、広嗣は秋緒を見返して「大丈夫だよ」と鷹揚《おうよう》に微笑んだ。

「おーい、アキさんが心配してるよー」

秋緒の手を引きながら、広嗣が仔猫のあとを追う。

仔猫は、赤く色づいたワイルドストロベリーが気になるのか、立ち止まり前足でかしかしとたわむれはじめた。広嗣が「だめだよ」と仔猫を抱き上げる。片手でひょいとすくえるくらいの小ささに、秋緒はますます困惑する。

ほら、アキさんだよ、と広嗣が、仔猫と秋緒を対面させた。広嗣は、もうすっかりこの黒猫を家族に迎える気でいるらしい。

「ヒロ、無理だよ」

「だけど、目が合っちゃったんだ。冗談のつもりで『うちに来る？』って呼んだら、にゃあって鳴いて俺の手舐《な》めたんだよ。アキさんだって、昨日、どうしてもいやなわけじゃないって言ってくれたよね？」

　でも、と秋緒は差し出された仔猫を首を振って拒んだ。

「俺は猫なんて、どうやってかわいがったらいいのかわからないよ」

「大丈夫だよ。生まれつき動物を飼ったことがあるひとなんかいないんだし、ねえ、アキさんはひとりじゃないよね。俺がいて、一緒に育てるのに、なにをこわいことがあるの？」

　穏やかに微笑む広嗣の目が誠実にかがやく。見つめ返すだけで視界がぶわりと広がって目眩《めまい》がした。まだ自分はこんなに狭い視界の中にいて、広嗣といるだけでそれが広がっていくのかと驚かされる。

「俺ごと抱っこしてみて？」

　広嗣の身体が秋緒に寄り添い、肩にトンと額が乗せられた。おずおずと腰《こし》に手を回して抱きしめる。広嗣が「にゃあ」と言うと、ふたりの胸のあいだで小さな仔猫も「にゃあ」と鳴いた。

「とかいって、いまじゃアキさんのほうがメロメロなんです」

　そう正道さんに報告する広嗣の声は、不機嫌がまるで隠せていなかった。

　ふたりが黒猫を家族に迎えて一週間が経った。今日は日曜日で、昼時でも店はだいぶ穏やかだ。広嗣は、秋緒のおにぎりと糠漬けを正道さんと耕太郎さんに出すと、そのままテーブルの脇に残った。秋緒が呼んでも戻ってこようとしない。

「ねこも、最初の三日くらいは俺と寝てたのに、いまは絶対アキさんの布団に入るんですよ」

「それは悔しいねえ」

のんびりと正道さんが広嗣に同調してくれるのを、秋緒はため息混じりに眺めた。

仔猫のいる生活にはまだ慣れない。視界の端を小さな姿が横切るといまだにぎくりと驚くし、触れるときはおっかなびっくりだし、一緒に寝るのはこわごわだ。

だけど、そっと抱いてみると、やわらかくてあたたかくて、どきどきした。頼りないようなぬくもりに、大事に大事にしなきゃいけないなあと触れるたび思う。広嗣が言うほどメロメロになっているとは思わないけれど、始終そわそわと仔猫を気にしてしまうのはたしかだった。

そんな秋緒のことを、仔猫のほうも気に入ったみたいだった。広嗣の言うとおり寝るときはかならず秋緒の布団に潜り込んでくるし、庭仕事についてきたり、台所に立つ足元に尻尾を巻きつけたりと、ここ数日は秋緒にべったりだ。

「植物も動物も、みんなアキさんが好きなんだ」

おかげで広嗣が子供のように機嫌を損ねてしまって困る。

「でも、ねこが手からごはん食べるのはヒロだけだよ」

秋緒が手に乗せたカリカリは匂いを嗅《か》ぐだけでそっぽを向く仔猫は、広嗣のてのひらにはおとなしく顔を伏せる。手から食事をする仔猫の仕種はかわいくて、それは少しだけ広嗣が羨《うらや》ましかった。だけどそう言っても広嗣の機嫌はなおらない。

「——ところで、さっきからねこねこと言っているが、名前はつけていないのか？」

眉をひそめる耕太郎さんに、秋緒と広嗣は揃《そろ》って苦笑いをした。

「実はそうなんです。つけてあげなきゃと思ってるんですけど、なかなか……」

秋緒は、そもそももらってきた広嗣が名前をつければいいと思うけれど、広嗣のほうは、秋緒がつけた名前で呼びたいと言う。お互いが遠慮し合って一週間が経ってしまったが、いつまでも「ねこ」と呼んでいるままでは可哀相《かわいそう》だった。

「そうだ、正道さんと耕太郎さんにつけてもらうのもいいかもしれないね」

秋緒が言うと、広嗣も「そうだね」と頷いた。

「なにか、いい名前つけてやってください。女の子だし、かわいい名前がいいな」

「ええ？」と正道さんが目をまたたかせて、耕太郎さんと顔を見合わせる。

リン、とドアベルが鳴って、話はそこで中断した。「こんにちは」とドアに笑顔を向けた広嗣が「えっ」と硬直するので、秋緒もカウンターで洗い物をする手を止める。

ドアへ目を向けて、秋緒も驚いて目を瞠《みは》った。やってきたのは、広嗣の両親だ。

「なに、しにきたの」

広嗣が警戒するように顎《あご》を引く。

「べつに。近くまで来ただけだ」

広嗣の父親が厳しい表情で言ううしろで、妻が呆《あき》れたように肩を竦《すく》めた。それで秋緒はなんとなく事情を察する。雨降《あめふ》り町《ちょう》には観光名所も娯楽施設もない。おそらく、広嗣の暮らしぶりが気になってわざわざ訪ねてきたのだろう。

「こんにちは、どうぞ」

カウンターから出て、テーブル席へ案内する。水とメニューを出して微笑むと、広嗣の父は居心地悪そうに会釈をした。

「お昼がまだでしたら、ぜひランチを召《め》し上がっていただきたいです」

秋緒がメニューの説明をしている隙に、広嗣は逃げるようにキッチンへ引っ込んでしまった。珍しい態度に首を傾《かし》げる正道さんと耕太郎さんに、秋緒が「広嗣のご両親です」と紹介する。秋緒たちの事情をよく知っているふたりはやっぱりまず驚いた顔をして、だけどすぐに「そうかそうか」と安心したようにやさしく笑った。

ほとんど秋緒が勧めるまま、広嗣の両親はランチを注文をした。キッチンで広嗣は「来るなら連絡くらい」とか「もうちょっと愛想とか」と不満げにしながら丁寧にランチを仕上げる。

春キャベツのメンチカツが、油の中でじゅわじゅわときつね色に変わっていくのを見ながら秋緒は「うれしいね」と広嗣の背中をぽんと叩《たた》いた。広嗣は抵抗したがるように少しだけ黙ってから、ため息みたいに「うん」と頷く。秋緒もしみじみとうれしかった。

テーブルにランチを運ぶと、正道さんが「アキちゃん」と秋緒を手招いた。

「はい？」

「ちょうどいいタイミングだし、ヒロくんのご両親に決めてもらったらどうかな」

こそこそとささやきかけられ、秋緒が「なにをですか？」と首を傾げると、続きは耕太郎さんが口にした。

「猫の名前だ」

なるほど、と秋緒はぽんと両手を打った。それはとてもいい案だ。

ふたりの食事が終わった頃を見計らってキッチンに声をかけると、広嗣が渋々のていで出てくる。正道さんたちの提案を秋緒が伝えると、広嗣は「でも」と眉をひそめた。秋緒は構わず、広嗣の両親に、二階で留守番をしている仔猫のことを説明する。

仔猫の名前をつけてほしいと言った秋緒に、広嗣の両親は困惑げに視線のやりとりをした。

「そんな急に言われても、軽々しくはつけられないわ。ねえ？」

「ああ」

困らせているのはわかって、それでも秋緒はあきらめられなかった。隣の広嗣を肘《ひじ》でつついて「ヒロからもお願いして？」と頼む。

秋緒が一度決めたら存外他人の意見に耳を貸さないことを、広嗣はよく知っている。複雑そうな表情で秋緒を見下ろして、それから「アキさんが言うなら」と両親に向きなおった。

「アキさんがこう言ってるから、……お願いします」

「ありがとう、ヒロ」

秋緒が晴れやかに微笑むと、広嗣が苦笑する。

ふたりにコーヒーを出して、名前が決まるのを待った。鞄から手帳を取り出し、メモを取りながら額を合わせるようにして相談する夫婦の姿を、秋緒はカウンターから眺める。

広嗣も、ふたりでなにかを決めるときにはかならず紙と鉛筆を用意して向かい合わせの場所に座る。いつからか秋緒たちにも定着したその形のルーツはここなのかと思うと、なんだかとても感慨深かった。

しばらく真面目《まじめ》に話し合っていたふたりが顔を上げたのは、それからきっかり一時間後だった。一枚千切られた方眼のページに、カチリとした字で「命名」と書かれている。

「――『命名　タマ』」

差し出された手帳の一ページを音読した広嗣が顔をしかめた。恋人が、家族の前でだけ見せる素直な表情は、秋緒にとって新鮮だった。かわいくて、つい一心に見上げてしまう。

「妙に凝《こ》るより、シンプルなほうが猫らしい品がある」

広嗣の父親の言葉が、秋緒の胸にすとんとはまった。『猫らしい品』というのはすっきりといい言葉だと思う。

「だけど、タマって……」

「俺は気に入りました」

アキさん、と広嗣が秋緒を振り返る。けれどなにか言いかけて黙ったのは、秋緒のきらきらした目から、気を遣っての発言ではないと察したせいだろう。

揃って礼を言って、帰るふたりを店の外まで送る。

うっすらと空が暗くなりはじめていた。道端のたんぽぽも半分閉じかかっている。広嗣の両親は、それぞれ、周りの景色を見て、店の外観を見て、二階の窓を見上げた。息子《むすこ》が暮らす場所をよくよく知ろうとする親の目に、秋緒の胸がぎゅっと絞られる。だけどもう、広嗣を返そうとは思わなかった。

広嗣の母親が「おいしかったわ、ごちそうさま」と言うと、せっかちな性質なのかすでに歩き出していた父親も立ち止まり振り返って、秋緒たちをまっすぐに見つめた。

「食事も、コーヒーも、とてもおいしかった。──また来る」

はっとして背筋が伸びる。隣で広嗣もすっと息を止めた。

それだけで、なにもかもが許されたとは思わない。けれど、店を訪ねてもらえたことも、仔猫に名前をもらえたことも、また来ると言ってもらえたことも、これまで望むこともなくあきらめていたことだった。

「――ありがとうございました」

あらためて深々と頭を下げて、広嗣の両親を見送った。

なんだか涙が出そうで、だけど、顔を上げた広嗣が「タマか……」とぼやくように呟《つぶや》いたのがおかしくて、結局秋緒は笑ってしまった。


店を閉めて、二階の自宅へ帰る。

帰宅して最初にするのは、狭いリビングを圧迫する仏壇に向かうことだ。秋緒が「ただいま」と手を合わせて軽く目を閉じる隣で、広嗣も「ただいま帰りました」と手を合わせる。

仏壇には、耕太郎さんが分けてくれた筍《たけのこ》と、正道さんのハワイ土産《みやげ》のチョコレート、それから庭で収穫したスナップエンドウが上がっている。

広嗣はいつも、いただきものや庭の初物を、まず「アキさんのお父さんとお母さんに」と仏壇に上げた。広嗣の育ちのよさはそういうところにも見えて、秋緒は、自分の両親もうきっと、広嗣のことが大好きだろうなあと思う。

「なに？　アキさん」

「ううん」

にこにこと見つめていたら広嗣が不思議そうな顔をしたので首を振った。ちょうど、足元に仔猫が寄ってきたので両手で抱き上げる。鼻先を合わせて「ただいま」と言うと、仔猫は甘細い声で鳴いた。

「ヒロのご両親が、名前をつけてくれたよ。今日からねこは、タマです」

タマ、と秋緒が口にした瞬間に、広嗣がまた神妙な顔になる。

「ねえアキさん、本当にいいの？」

「どうして？　いいよねえ？　タマ」

ミャー、と仔猫が答える。「ヒロも呼んであげて」と秋緒が言うと、広嗣は渋々のようすで「タマ」と仔猫の喉《のど》を撫《な》でた。すると、自分が呼ばれたのがわかるみたいに、タマが小さな口をいっぱいに開けて鳴く。

「おりこうさん」

つやつやの毛に軽く唇を寄せると、たちまち広嗣が不機嫌になる。ぷいっとそばから離れて洗面所へ足を向ける広嗣を、秋緒はタマを抱いたまま追いかけた。

「ヒロ、お風呂《ふろ》、一緒に入ろうか」

「……俺のことごまかそうとしてない？」

すっかり臍《へそ》を曲げてしまったようで困ってしまうけれど、実は秋緒は、広嗣の不機嫌がとても好きだった。

いままで広嗣はいつも秋緒が最優先で、自分の感情をあまり表に出さず、とにかく秋緒を守ろうと必死に立っていた。そんな広嗣が、子供みたいに不貞腐《ふてくさ》れたり不満そうな表情を覗かせる。それは、広嗣が背負ったり持ったりしていた秋緒に対する遠慮を、少しずつ手放しているることだと思う。だから広嗣の不機嫌に触れるたびに、秋緒はますます広嗣を好きになるのだ。背中を向けられても、前よりずっと距離が近いように感じる。

ふいに、昼間、両親の前で居心地悪そうにしていた広嗣の姿を思い出した。

「……そうか、家族だからだ」

秋緒がぽつんと呟くと、広嗣が「なに？」と首を傾げる。

「ヒロが不機嫌にしてるのがかわいくて大好きなのはどうしてかなって考えてた」

「へ？」

「俺がタマのことかわいがると不機嫌になるのも、ご両親が突然来たらびっくりして不機嫌になるのも、家族だからでしょう？　だから、ヒロが不機嫌なのを見ると、うれしいし、しあわせだなあって思うんだね」

それはたぶん、自分も同じだった。ここへ流れてきたばかりの自分たちだったら、仔猫が飼いたいと言う広嗣に秋緒が「いいよ」と微笑んで、仔猫をかわいがる秋緒を見て広嗣が「かわいい」と目を細めるだけだっただろうと思う。それは我慢ではないけれど、たぶん百パーセントの本心でもないのだ。

秋緒も広嗣に前より深いところを見せられるようになっている。そう気付くと、気恥ずかしいような、誇らしいような、不思議な感じがした。

「もっと、ヒロのなにもかもが見たいな」

秋緒が夢見るようにふわふわと口にすると、広嗣が口を開けたまま絶句する。

「ヒロ?」

「……アキさんは本当に、俺のこと夢中にさせる天才だ」

広嗣は、秋緒の手から仔猫を取り上げて丁寧に床におろすと、大きく腕を開いて秋緒を抱きしめた。

「そう?」

「うん、そう」

「一緒にお風呂入る?」

「……はいる」

広嗣が甘えた声で頷いたので、タマに餌《えさ》をやってから一緒に風呂に入った。

建坪《たてつぼ》に対して、風呂の占める面積が広いのがこの家の不思議な特徴で、成人男性ふたりで入ってもそれほど窮屈ではない。とはいえさすがにそれぞれ身体を伸ばせるほどの広さはないので、スプーンみたいに重なって湯につかる。

もうもうと湯気がたちこめる風呂で、ふたり同時に深々と息をついて身体をゆるませた。

「——だけど、今日は本当にうれしかった」

しみじみ言うと、広嗣は少し沈黙してから「うん」と小さく頷く。

秋緒は、広嗣の父親が帰りがけ、席で身支度《みじたく》をしながら口にした言葉を思い出す。

『今後とも、息子たちをどうかよろしくお願いいたします』

隣の席の正道さんと耕太郎さんに、広嗣の父親はそう言ったのだ。いまでも思い出すとどきどきしてしまう。そう話すと、広嗣もそれにはすぐに同意した。

「俺もあれはうれしかった」

「また来るって言ってもらえたのもうれしかったな。楽しみだね」

てのひらにすくった湯を秋緒の肩にかけながら、広嗣は肩を竦める。

「次は、タマにも会ってほしいな。それから、広嗣の小さい頃の話も聞いてみたい」

欲張りかなあと言うと、広嗣は苦笑した。

「アキさんは少しくらい欲張ったほうがいいよ」

うしろからぎゅっと抱きしめられる。

秋緒を繋《つな》ぎとめようとする手に、もしかしたら、広嗣はまだ不安なのかもしれないと思わされた。毎日が穏やかに過ぎる日常の中で、秋緒がまたなにもかも手放そうとすることを広嗣がまだおそれているなら、珍しく強引に仔猫を引き取ってきた理由の一端は、そこにもあるのかもしれなかった。

「ヒロもね」

秋緒は腕を上げて背後に伸ばし、広嗣の濡《ぬ》れた髪を撫でた。

「俺？」

「ヒロももっと欲張っていいんだからね」

「俺がわがまま言ったから、タマが来たよ？」

「うん。でも、もっと」

するると広嗣は、考え込むようにじっと黙り込んだ。広嗣が秋緒の肩に、繰り返し湯をかける音だけがちゃぷりちゃぷりと響く。黙って待っていると、広嗣はしばらくしてから遠慮がちに口を開いた。

「俺は、アキさんの、お父さんとお母さんの話を聞きたい」

意外な言葉に、秋緒は首だけで広嗣を振り返った。

「だめ？」

ずっと、触れないようにしてきた話題なのだと思う。いままで秋緒は広嗣に、両親や家族のことを訊《き》かれたことがない。それも広嗣の気遣いだったのだろう。そういう思慮がわかる、慎重な声だった。

「だめなわけないよ」

「よかった。俺、アキさんのお母さんには一度会ったことがあるし、勝手にパン作りの師匠だと思ってるけど、お父さんのことはなにも知らないから」

どんな人なのか、ずっと知りたかったんだ、と広嗣はため息のような声で言った。

秋緒の父は学問一筋の、真面目な大学教授だった。休日も、部屋にこもって熱心に本を読んでいることが多かったから、秋緒にとって父といえば、文机《ふづくえ》に向かう背中が真っ先に思い出される。静かな人で、あまり叱《しか》られたこともなかった。

そんなふうに話しはじめると、広嗣は「うん」と身を乗り出すようにして相槌《あいづち》を打った。うしろから肩先に迫った広嗣の頭に、秋緒は動物みたいに頰《ほお》をすり寄せる。

「なあに、アキさん」

「ヒロがいて、タマがいて、ヒロのご両親に会って、うちの両親の話をしてる」

「うん」

「ずっとね、ひとりぼっちだって思ってた。ひとりで生きていかなきゃって」

うん、とまた広嗣は頷いた。

「ヒロが戻ってきてくれて、ああ、ふたりなんだなあって思った。でもね、すごいね、いまは、もっとたくさんになった」

「アキさん……」

「ひとりじゃないって、ふたりでもないって、いつもヒロが教えてくれる。ヒロがいるから、大切なものが増える」

秋緒が目を閉じると、広嗣がやさしく唇を寄せた。ちゅ、とゆっくり啄《ついば》む、広嗣らしい繊細な甘さにうっとりする。

そこへ、風呂の曇りガラスを、カリカリと引っかく音がした。小さな黒いシルエットに、秋緒は唇を離してふっと笑う。タマはすっかり退屈してしまっているみたいだ。日中は留守番をさせている分、家にいるときはなるべく構ってやりたかった。

「タマにおもちゃを買ってあげたいな」

ふと思いついてそう口にすると、広嗣が「えっ」と眉をひそめる。秋緒が話す内容が、あっちこっちに飛びすぎるせいだろう。

「またちょっと不機嫌になった」

指を伸ばして広嗣の耳のうしろを撫でると、広嗣はくすぐったそうな、決まり悪そうな顔をする。

「でもね、大切なものは増えても、一番大切なものは変わらないよ」

「え？」

「ヒロが一番好きだよ」

まっすぐに広嗣の目を見つめた。広嗣も、まばたきを忘れたように目を瞠って秋緒を見つめ返す。どきどきと胸が高鳴って、くらくら目眩がするのは、熱めのお湯にのぼせそうなせいだろうか。それとも、純粋な欲望だろうか。

「だからどうか、これからもずっと、一緒にいてね」

「アキさん、そんなの、俺のほうこそ、……うれしい」

お互いの声が、綿菓子みたいにふわふわと覚束《おぼつか》ない。

「……のぼせちゃうし、タマも待ってるね」

「アキさん、」

立ち上がろうとする秋緒の腕を、広嗣が引き止めた。茶色い瞳の中に、よく知った熱が潜んでいるのが見えて、どきりとする。

扉の外ではタマがミーミーと盛んに鳴いていた。遊んであげなきゃと思う。なにしろあの子はまだ生まれたばかりなのだ。

けれど秋緒の身体も心も、一番大事なものにとらわれる。

そんな感覚も心地よくて、秋緒は引き寄せられるまま広嗣の腕の中に身体を戻し、目を閉じて、重なる唇を待った。

あとがき

こんにちは、はじめまして、市村奈央です。このたびは、『きみがほしい、きみがほしい』をお手にとってくださりありがとうございます。

おしゃれで居心地がよくて食事がおいしい小さなカフェが、家の近くにあったらいいのになあとよく思います。米よりパン派なので、おいしいパンがあったらさらに嬉しい。そしてそこにイケメンのカップルがいたらいうことありません。

そしてわたしは駆け落ちカップルが好きです。それも、できればそれほど悲愴になりすぎない感じがいいですね。切羽詰まっているというより、ちょっとさみしい感じ。不自由はないけど、余裕もなくて、でも現状をちゃんとしあわせだと思えているといいなと思います。

そういう願望や萌えを、ふわっとまとめたのがこの話です。

ふわっとはじまり、中盤若干じとっとして、最終的にはふわっと終わりますが、家族も増えて、ふたりはこの先も、おじいちゃんになるまでずっとお店を続けていくんだろうなあと思います。

今回もたくさんのかたに助けられて一冊の本ができあがりました。

イラストの三池ろむこ先生。しっとりとオトナなふたりをありがとうございます。イラストをいただけるのが決まってから本文を書きはじめたのですが、プロットのときよりずっとイメージが広がって、とても助けられました。

担当さま、いつもわりとうすらぼんやりしたわたしとわたしの文章に、的確なアドバイスと鞭なしの飴をありがとうございます。

そして、ここまで読んでくださったみなさまに最大の感謝を。ありがとうございました。

またお会いできますように。

市村奈央

✦初出　きみがほしい、きみがほしい……………書き下ろし
　　　　きみと、家族と………………………………書き下ろし

市村奈央先生、三池ろむこ先生へのお便り、本作品に関するご意見、ご感想などは
〒151-0051 東京都渋谷区千駄ヶ谷 4-9-7
幻冬舎コミックス　ルチル文庫「きみがほしい、きみがほしい」係まで。

幻冬舎ルチル文庫

きみがほしい、きみがほしい

2016年6月20日　　第1刷発行

✦著者	市村奈央　いちむら なお
✦発行人	石原正康
✦発行元	株式会社 幻冬舎コミックス 〒151-0051 東京都渋谷区千駄ヶ谷 4-9-7 電話 03(5411)6431[編集]
✦発売元	株式会社 幻冬舎 〒151-0051 東京都渋谷区千駄ヶ谷 4-9-7 電話 03(5411)6222[営業] 振替 00120-8-767643
✦印刷・製本所	中央精版印刷株式会社

✦検印廃止

ISBN978-4-344-83750-8　C0193　Printed in Japan